지금
이 순간
깨어 있어라

지금
이 순간
깨어 있어라

나연옥 지음

두드림미디어

뒤를 돌아볼 겨를도 없이 숨 가쁘게 살아온 것 같습니다.

마음은 변함없이 20대 그대로인데, 나이는 어느새 50대 중년이 됐네요.

앞만 보고 달리면 결과만 추구하게 되고, 과정에 소홀해지죠. 내 부모와 가족, 그리고 이웃들, 직장동료들과의 관계 역시 소홀해집니다. 이로 인해 영혼의 양식이 부족해지는 것을 느낍니다. 마음속에 충만함, 행복, 기쁨 등 하늘에서 주신 소중한 선물을 그냥 놓치고 마는 기분입니다.

부질없고 헛된 세상과의 시름 속에서 모든 시간과 노력이 허비되는 동안 우리는 추억을, 사랑을 놓치고 사는 것 같습니다.

그래서 성현들이 늘 **'깨어 있어라'**라고 이야기하는 것은 아닐까요.

'가난해서, 능력이 안 돼서, 시간이 없어서….'
이러한 것들이 모두 핑계라는 것을 깨달았습니다.
현재 지금 이 순간, 최선을 다해야 한다는 것을요.

제가 책을 쓸 것이라고는 생각도 못 했습니다. 그런데 한국영성책쓰기코칭협회 김태광 대표님을 만나고 인생이 바뀌었습니다. 김 대표님은 '성공해서 책을 쓰는 것이 아니라, 책을 써야 성공하는 것이다'라는 신념 아래 15년간 300권의 책을 쓰시고, 1,200명의 작가를 배출했습니다.

저는 성공하고 싶어서 책을 쓴 것이 아니라, 갇혀 있던 삶에서 깨어나고 싶어서 글을 적었습니다. 흉내를 내자면 '깨어나서 책을 쓰는 것이 아니라, 책을 쓰면서 깨어나는 것이다'라고 말하고 싶습니다.

지금이라도 내 삶을 돌아보며 카르마를 이해하고, 정화하고 싶었습니다. 이를 위해서는 글을 쓰면서 세속에 묻은 때를 깨끗이 씻어내는 것이 첫걸음이라고 생각했습니다. 그 과정에서 삶은 그냥 태어났기에 사는 것이 아니라, 삶에는 목적과 사명이 있다는 것을 알게 됐습니다. 또한 삶은 깨달음과 지혜를 얻기 위한 과정이라는 것도요. 지금은 우리 모두가 삶을 되돌아보고, 지금 현재에 최선을 다하며 교정해야 할 때라고 생각합니다.

글을 쓰고, 책으로 낼 수 있게 용기를 준 한책협 김태광 대표님과 권동희 대표님께 감사 인사를 드리고 싶습니다. 제 생각과 능력으로는 생각지도 못한 일이었습니다. 김 대표님은 '내가 무엇을 놓치고 있는지 깨닫지 못한다면, 삶은 전생을 살고 있는 것'이라고 항상 말씀해주셨습니다. 책 쓰기를 가르쳐주시고 이끌어주신 한책협 김태광 대표님께, 창조주 하느님 아버지에게 무한한 감사를 드립니다.

나연옥

영혼의 자유를 위한 에고 놓기 연습

살아서 천국으로 가는 길

지금 최선을 다하기

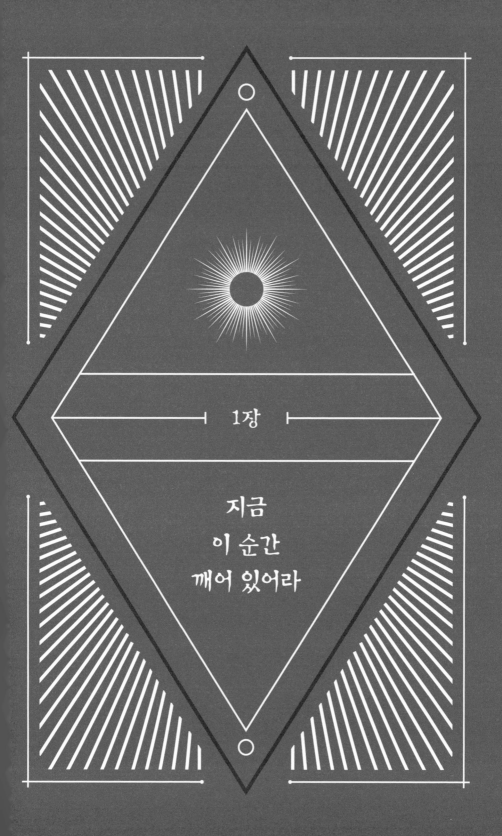

1장

지금
이 순간
깨어 있어라

지금 이 순간
깨어 있어라

우리는 살면서 숱한 선택의 기회를 만나게 된다. 무엇을 먹어야 할지, 차는 무엇을 마실지, 퇴근하고 누구를 만나 수다를 떨 것인지 등 매 순간, 매일매일 선택을 하며 살아간다. 이렇게 평생을 살아가고 죽는 순간까지도 선택해야 할 것, 결정해야 할 것들을 놓고 고민하다가 아쉬움과 미련, 후회를 두고 죽음을 맞이한다.

선택이란 무엇일까? 신은 왜 우리에게 자유의지를 줘서 선택하게 만든 것일까?

문득 누군가 내 삶을 알아서 선택해줬으면 좋겠다는 생각이 든다. 그저 편하게 주어진 대로 살아가고 싶어질 때가 있다.

생각하고 결론을 내리는 '선택의 과정'이 내게는 너무나 어렵다. 심지어 옷 가게에 들어가 옷 하나를 고르는 데도 한참 고민한다. 한 번은 옷 가게에서 옷을 오랫동안 고르고 있었다. 점원들끼리 고개를 흔들며 사인하는 모습을 보고 나서야 포기하고 가게를 나온 적도 있다.

이것이 '결정장애'라고 들었다. 선택에 어려움을 겪는 결정장애에 빠진 이유는 알지 못했다. '내가 선택의 순간에 깨어 있지 못해서일까?'라고 짐작만 할 뿐이다.

부동산 광풍이 불었던 때가 생각난다. 2020년부터 가파르게 오르기 시작해서 2022년에 정점을 찍었다. 삶의 보금자리여야 할 부동산이 잘만 하면 '대박 로또'를 맞을 수 있는 투기의 대상이 됐다. 더이상 내 집 마련은 해마다 이사를 해야 하는, 집 없는 설움을 청산하고 싶은 이들의 소박한 꿈이 아니었다.

TV를 켜면 뉴스에서는 20, 30대가 영끌('영혼을 끌어 모으다'의 준말)해 아파트를 매수했다는 내용이 연신 보도됐다. 갭 투자라는 것도 그때 알게 됐다. 이들은 갭 투자로 아파트를 매입해, 필요한 자금은 직장 신용대출과 담보대출은 물론, 부모 찬스를 쓰고, 가족과 친구, 친지들에게까지 자금을 최대치로 빌려와 아파트를 무조건 매수했다.

사실 나 또한 몇 년 전에 '묻지마 투자'를 한 적이 있다.

2억 원도 안 됐던 서울 변두리 아파트가 6~7억 원까지 올랐고, 영끌족들의 뉴스는 계속 들려오고, 오르는 집값을 바라만 보고 있자니 불안해지기 시작했다. '오피스텔에 투자한 돈을 갭 투자를 해서라도 아파트를 샀다면 지금 얼마나 많은 돈을 벌었을까?'라는 생각이 들자 가만히 있을 수가 없었다.

한동안 연락이 뜸했던 넷째 언니와 통화가 되어서 부동산도 알아볼 겸 서울로 향했다. 언니는 돈에 구애 없이 자유롭게 소비하는 내 모습을 보고 내심 나를 부러워했고, 대견스러워했다.

"네가 무슨 일을 하고, 어떻게 살아왔든 나는 네가 대견스럽다."

언니의 말에 어깨가 더욱 으쓱해졌다. 영끌에 자극을 받은 데다 언니가 나를 칭찬할수록 부자가 되고 싶은 마음이 간절해졌다. 투자했던 오피스텔 전세금을 빼서 재개발 지역에라도 투자를 해야겠다고 결심했다. 투자하지 않으면 영영 부자가 될 수 없겠다는 생각이 들었다.

부동산 관련 유튜브를 보기 시작했다. 한시도 유튜브에서 눈을 뗄 수가 없었다. 여기저기서 들려오는 매물 정보들을 메모지에 기록하고, 부동산 중개사무소에 직접 전화를 걸었다. 마침, 부동산 세미나가 열린다고 해서 예약을 하고 찾아갔다. 중장년층의 주부들이 세미나실을 가득 메웠다. 열기가 뜨거워서인지, 돈을 벌 수 있다는 희망과 기대가 확신으로 굳어졌다.

이후 언니와 함께 부동산 중개사무소 3군데에 전화해 상담을 받고, 부동산 유튜브 채널의 대표가 누차 재개발될 곳이라고 강조한 지역을 찾아가 봤다. 소개받은 집은 주인 집이 사는 방과 원룸 하나가 딸린 1층 다세대주택이었다. 결정장애가 있는 나는 집을 보러 가기 전에 언니에게 한 가지를 부탁했다.

"만약에 내가 서두르거나 망설이면 잠깐 바깥으로 나를 불러서 주의를 환기하게 해줘."

판단을 못 하거나, 실수할 것을 대비해서였다. 언니는 알았다고 대답해줬다.

집을 둘러보다가 어떻게 결정을 해야 할지 몰라서 언니를 쳐다봤고, 눈이 마주쳤다. 나도 모르게 멋쩍어서 미소를 지었다. 언니의 의견이 궁금했고, 언니에게 부탁한 말이 있으니 나를 컨트롤해주기를 바랐다. 그런데 언니는 별다른 반응이 없었다. 나중에 들어보니 내가 만족해하는 것 같아서 '알아서 하겠지'라고 생각했다는 것이다.

결국 나는 그 자리에서 계약을 마쳤다. 막상 결정을 내리자니 불안한 마음에 잠깐 망설이기도 했지만 지금, 이 기회를 놓치고 싶지 않았다.

집으로 돌아가는 길에 조금은 개운하지 않은 기분이 들었지만, 그당시 부동산은 장밋빛이었기에 의심하고 싶지 않았다. 내 선택을 믿고 싶었다.

하지만 얼마 지나지 않아 선택을 후회하게 됐다. 이 지역이 재개발을 시도했다가 무산됐다는 소식이 들렸다. 그리고 언제 다시 재개발이 될지 모르는 데다, 매물을 내놔도 나가지 않는다는 말을 들었다.

'아뿔싸' 눈앞이 캄캄해졌다.

그 책임의 대가는 나중에 톡톡히 치르게 됐다. 괜스레 언니에게 섭섭한 마음이 밀려오기까지 했다.

무엇보다 내 자신이 한심스러웠다.

수억 원 이상이 왔다 갔다 하는 중대한 선택을 하면서 주먹구구식으로 남의 말만 듣고, 이른바 '묻지마 투자'를 한 것이 잘못이다. 언니에게 선택을 잘할 수 있도록 정신 차리게 도와달라고 부탁한 것도 잘못이다. 내 마음속에서는 누군가가 나를 알아서 리드해주기를 바라고 있었다.

무턱대고 남들이 부동산 투자로 돈을 버니까 나도 벌 수 있으리라는 욕심만 앞서서 판단이 흐려졌다. 스스로 판단해야 하는 의식마저 타인에게 부탁한 것이나 다름없다.

좀 더 부동산 정보를 모았어야 했고, 신중하게 결정했어야 했다. 남의 말을 쉽게 믿고, 타인의 말에 의지해서 쉽게 돈을 벌고자 했던 이기심과 게으름, 안일함이 한몫했다. 즉, 과정 없이 결과만 빠르게 추구하려는 욕심이 일을 그르쳤다.

'한국영성책쓰기코칭협회(이하 한책협)' 김태광 대표님께서는 "의식과 깨달음은 마중하지 않는다"라고 말씀하셨다. 내 의식과 깨달음은 누군가가 대신 해줄 수 없다.

어떤 선택을 하기 전에는 깨어 있어야 한다. 그러나 나는 깨달음을 언니에게 부탁했다.

부동산을 사겠다고 마음먹기 전, 사실은 내면의 소리를 들었다는 것이 뒤늦게 생각났다. '내년 2월까지는 움직이지 말라'는 시그널을 받았다. 욕심이 그 소리를 무시했고, 귀를 막은 것이나 다름없었다.

자신이 가진 한정된 자원인 물질과 시간으로 최대의 결과나 만족을 얻고 싶은 마음은 누구에게나 있다. 정보의 부재 또는 자기 철학이나 종교가 없어서 판단하는 데에 어려움도 겪을 것이다. 과연 그 정보나 철학은 믿을 만한 것이고, 자신이 믿었던 철학과 신념이라는 것이 어디에서 오는 것인지, 영원히 변함없으리라고 장담할 수 있을지 의문이 든다.

간단한 선택은 큰 문제가 없다. 하지만 투자 등 인생의 중요한 결정을 내려야 하거나, 위급한 상황에 닥쳤을 때는 쉽게 선택하기 어렵다. 가까운 전문가나 지인을 찾기도 하고, 무속인이나 철학관을 찾아가기도 하지만, 속 시원한 답을 얻기에는 부족했다. 넘쳐나는 정보의 홍수 속에서 선택은 또 다른 선택과 맞닥뜨리게 된다.

잠깐만 아니, 몇 초 만이라도 고요해지자.
그 상황에서 온전히 벗어나거나, 다른 장소로 옮겨도 좋다. 모든 것에서 나를 잊고 가만히 아무것도 하지 말자. 무엇인가 해야 한다는 강박을 벗어던지자. 주위를 둘러보고 밖으로 향하던 생각을, 집착을 잠시 내려놓자.

시간이 필요하다면 더 기다려보자. 주위에 나를 도와줄 정보들이 하나씩 보이기 시작하고, 내면에서 울리는 소리나 느낌이 들려올 것이다.

선택하지 않았을 때의 손해와 선택했을 때의 이익. 이것들을 계산하는 분별심에 집착하는 에고의 욕망이 내 영혼의 소리를 막고, 내 영혼을 슬프게 하는 것이다. 그동안 에고가 나에게 저지른 횡포를 생각하면, 내 영혼은 너무나 불쌍하다는 생각마저 든다.

내면의 영혼 소리에 귀 기울여라! 누구든지 들을 수 있고, 결국 알게 될 것이기 때문이다.

'깨어남은 선택이 아니라 필수'다.

깨어남의
의미

나는 인생을 살아오면서 늘 결정적인 순간에 깨어 있지 못했다.

쇠똥구리가 열심히 똥을 굴리며 가다가, 결정적인 순간 구덩이에 빠뜨리는 것과 다름없었다. 그에 대한 대가와 책임은 고스란히 나에게 경제적 대미지(damage)를 줬고, 큰 상처를 남겼다.

무엇이 문제일지 고민하지 않은 것도 아니다. '내 불행과 괴로움의 원인이 무엇일까?', '도대체 나는 누구이고, 무엇을 위해 살아야 하는가!', '혹시 내 전생을 보면 답을 얻을 수 있을까?' 등 여러 가지 생각을 해봤다. 전생을 보면 '내가 왜 이렇게 살 수밖에 없는지 의문이 풀릴까…?' 해서 유명 전생 연구소에 상담 신청을 해봤지만 2, 3년은 기다려야 한다고 했다.

포기하지 않고, 이번에는 최면 심리 상담을 알아봤다. 최면을 통해서 내면 아이를 만나는 프로그램이었다. '나의 내면 아이를 통해 내가 무엇을 놓치고 있는지 알 수 있지 않을까?' 하고 기대해봤다. 하지만 이 또한 신청 대기자가 많아서 2년 이상 걸린다고 했다.

앞으로 2, 3년쯤은 기다릴 수 있다고 생각했다. 오래 기다려서라도 나의 전생을 보고, 최면을 통해 상위자아를 알게 된다면, 삶을 이해하는 데 도움이 되고, 희망을 안고 살 수 있겠다는 기대가 생겼다. 그런데 한편으로 잠깐은 위로를 받을 수 있겠지만, 이 약발이 언제까지 갈 것인지 의문이 들었다. 또한 속 시원히 답을 얻을 수 있을 것 같지도 않았다.

2, 3년이라는 기다림의 시간 역시 막연하게 느껴져 결국은 2개의 상담을 모두 포기했다. 내 인생의 근원적인 해답을 줄 수는 없다고 생각했기 때문이다. 잠깐 위로는 받겠지만 시간이 지나면 고무줄처럼 원래의 내 모습으로 돌아올 것만 같았다.

정답이든 오답이든 내 인생을 살아가야만 하고, 인생의 답은 내가 찾아야만 한다. 결국 내 삶의 주체는 나 자신이기 때문이다. 이 말은 남이 대신 내 인생을 살아줄 수가 없다는 뜻이다.

1989년 서울 S은행에 입행해서 1996년 초에 퇴사했다.

다람쥐 쳇바퀴 돌다가, 안정된 쳇바퀴 안에서 탈출한 것이다. 내 입장에서는 탈선이었다. 왜냐하면 퇴사 후의 어떤 것도 대비하지 않고, 무작정 그만뒀기 때문이다.

  '무엇이든 하며 살아가겠지, 살아지겠지…'라고 막연히 생각했다. 함께 입행했던 고등학교 동창은 은행에 근무하면서 야간 4년제 대학을 졸업했다. 그러다가 얼마 지나지 않아 나보다 먼저 은행을 그만뒀다. 그리고 교육 기업에 재입사해서 아이들을 가르쳤다.

  또 얼마 지나지 않아 공무원 시험을 보더니 합격해서 철도 공무원이 됐다. 나는 무엇이든 쉽게 좌절하고 마는데, 그 친구는 어려움 없이 하고 싶은 일을 척척 잘해나갔다. 친구가 대단하다는 생각이 들면서도, 한편 부럽기도 했다. 진정한 공부 머리는 따라갈 수가 없다고 생각했다.

  나는 그 친구와는 다른 길을 가게 됐다. 은행 근무를 하면서 야간 대학에라도 들어가고 싶어서 종로 입시학원에 등록했다. 퇴근 후에 버스를 타고 꼬박 1시간이 걸려 학원에 도착하면, 저녁 8시가 다 됐다. 수업은 이미 중간 정도 진행되고 있었다. 수업을 따라가기가 버거웠다. 학생이 아닌 내 복장을 살피는 강사의 시선도 부담스러웠다. 배고픔과 피곤함도 밀려왔다. 하지만 해내리라는 결심을 다잡고, 힘에 부치는 시간을 이겨냈다.

  그런데 내 의지와는 상관없이 일이 터지고야 말았다. 일을 다 마치고 퇴근했지만, 직원들은 입행한 지 얼마 안 되는 신입사원이 먼저 퇴근한다고 눈총을 줬다. 급기야 과장님이 나를 불러 '왜 먼저 퇴근하느냐'라며 화를 내기까지 했다. 나는 2층 여직원 휴게실에 올라가 하염없이 눈물만 흘렸다. 억울한 생각이 들고 서러움이 복받쳤다. 홀로 다른 직원들이 퇴근하기만을 기다려야 했다.

상황이 이 지경이니, 나는 친구처럼 될 수 없다는 생각에 자포자기하는 심정으로 대학 진학을 포기하고 말았다. 외부의 이유로 의지가 꺾인 내 자신이 한심스러웠다.

이후에 직장을 그만둔 이유야 여러 가지가 있지만, 주어진 월급으로 다람쥐 쳇바퀴 돌듯이 노예처럼 평생 살다가, 때가 되면 그만둬야 하는 신세가 싫었다. 무엇보다 발전하고, 성장하고 싶었지만 이대로라면 더 이상 아무것도 될 수 없고, 할 수 없는 삶을 살아야 한다는 현실에 가슴이 답답했다.

직장을 그만두고 집에서 있는 1분 1초의 시간이 아까웠다. 직장을 다닐 때도 시간을 소중하게 생각해 영어 학원에 다니고, 자기 계발을 하는 등 시간을 쪼개어 썼지만, 직장을 그만둔 이후의 시간은 더 소중하고 절실했다. 열심히 이 책, 저 책을 사서 읽었다. 자기 계발을 해서 재취업에 도전하고 싶었다. 그렇게 희망이 생겼다.

하지만 역시나 인생은 내가 생각한 대로 흘러가지 않았다.
어느 날 집 초인종이 울렸다. 낮이라서 누가 올 사람은 없었다.

"누구세요?"라고 물었더니, "절에서 왔어요"라는 여성의 목소리가 들렸다. 절에서 왔다는 말에 의심 없이 문을 열어줬다. 승복을 입지 않은 평범한 여자가 밝은 표정으로 물 한 잔을 달라고 했다. 물을 내어오니 절 사진을 보여줬다.

딱히 종교는 없었지만, 절이라고 하면 교회보다는 편안한 느낌이 들었다. 그는 "조상님에게 제사를 지내드리면 복을 받을 수 있다. 조상님이 저세상에서 힘들어하신다"라고 말했다. 내 자신이 복을 받고 싶은 마음보다는, 조상을 모시고 싶다는 생각에 마음이 움직였다.

다음 날 30만 원을 준비해 약속된 장소로 갔다. 일행들과 대절된 버스를 타기로 되어 있었다. 나는 버스를 보자마자 '대순진리회'라는 것을 알아차렸다. 이것이 사이비라는 것도 들어서 알고 있었다.

순간, 어떻게 해야 할지 고민됐다. 하지만 이내 일행들에게 이끌려 버스를 타고야 말았다. '조상을 모시는 것 정도야 문제 되지 않겠지? 제사만 지내고 상대 안 하면 되겠지'라며 좋은 일이니 상관없을 것이라고 마음을 다독였다.

서울에서 출발해 도착한 곳은 강원도 삼척회관이었다. 주차장에는 대형버스들이 이미 줄지어 주차되어 있었다. 회관 안과 밖에도 사람들로 가득했다. 한복을 입은 수십 명의 사람이 한 조를 이뤄서 순서대로 제단 앞에 절을 하고 나오면 끝나는 간단한 절차였다. 바깥에 대기하거나 절을 하고 나온 사람들만 1,000명은 넘어 보였다.

집으로 돌아오는 길, 내가 할 일은 다했다고 생각했다. 더 이상 이 사람들하고 엮일 일은 없으리라고 생각했다. 그런데 이것은 시작에 불과했다. 나를 전도한 여자는 계속 찾아왔고, 연락처로 전화를 걸어왔다. 서울에 있는 어느 작은 회관에 나를 데려가 설교를 듣게 했고, 같이 밥을 먹기도 했다.

그들은 지구의 지진, 가뭄 등 이상 기후 현상에 대해서 말했고, 더 이상 현실에서 살아갈 희망이 없는 것처럼 느끼게 했다. 사이비라는 생각은 어느새 머릿속에서 지워졌다. 세뇌된 것처럼 그들의 말에 빠져들었다(지금 생각하면 부주의적 맹시에 빠진 것이다). 오직 여기서만 내가 할 일이 있고, 희망이 있다는 생각에 빠졌다. 또 한 번 인생의 중심이 흔들렸다. 기도문을 외우기 시작했고, 급기야 집에서 나와 회관에서 생활했다.

하루는 회관의 총책임자가 나를 불러서 이런저런 이야기를 했다. 결국 큰 제사를 지내야 한다는 말이었다. 나는 거부할 수 없었다. 퇴직금을 찾으러 은행에 갔다. 전도사는 바깥을 지키고 있었다. 총 1,600만 원. 내 직장 생활의 마침표인 퇴직금이자, 내 전 재산이었다. 나는 망설임 없이 현금 100만 원짜리 16다발을 담아 은행을 나왔다. 지금 생각해보면 철딱서니 없는 행동이었지만, 누구라도 앞일은 알 수 없다.

그 돈으로 제사를 지냈고, 회관 생활은 계속됐다. 나를 전도한 여자와 한 짝이 되어 생활했다. 아침에 일어나면 제대로 된 반찬도 없이 겨우 끼니를 때우는 정도로 속을 달랬다. 교통비나 일체 지원도 없이 하루 종일 지하철을 타고 다니며, 집마다 초인종을 누르고 다녔다(내성적이고 수줍음 많은 내가 용기를 내어 길에서 모르는 사람과 자연스럽게 대화를 해본 경험을 할 수 있었다는 것으로 위로 아닌 위로를 해본다).

그런데 아이러니하게도 다니는 집마다 사람들이 나를 의심하지 않고 거부하지도 않았다. 대체로 친절하게 대해줬다. 그렇게 모르는 사람들로부터 조상을 섬긴다는 잘못된 명목으로 몇만 원씩 돈을 받아왔다. 많을 때는 하루에 10만 원에서 20만 원을 모았다. 이 돈을 회관에 전달하면 하루 일과가 끝났다.

(오래 전 일이라, 얼마 동안 있었는지 기억이 잘 안 나지만) 한두 달쯤 지난 어느 날이었다. 철학관을 하시는 선생님으로부터 연락을 받았다. 나는 그간의 일을 말씀드렸다. "그곳은 아니다. 나와야 한다"라는 선생님의 말씀을 듣고 갑자기 정신이 번쩍 들었다. 일고의 망설임도 없이 이곳을 빠져나와야겠다고 다짐했다.

그동안 꿈을 꾼 것일까. 잠을 자지 않고, 두근두근 가슴을 졸이며 가방을 미리 싸두었다. 다른 사람들이 잠든 틈에 가방을 짊어지고 살금살금 현관문을 열어 회관을 빠져나왔다. 회관 사람들이 나를 놔

주지 않을 것이기에 무슨 큰 죄라도 지은 사람마냥 야반도주하듯 나올 수밖에 없었다. 그 뒤로도 그들이 찾아왔지만, 문을 열어주지도, 전화를 받지도 않고 피해 다녔다.

이렇게 아찔했던 사이비 종교의 일화는 끝났다. 겨우 정신 차리고 빠져나올 수 있었다. 20대 때의 일이었다. 의심 없이 돈을 줬던 이들과 나 자신에게 죄를 짓고 말았다. 회개하고, 나 자신을 용서하는 마음으로 이 글을 쓴다. 이 기회가 아니라면 다시 용서받을 수 없다고 생각하기 때문이다.

나는 사고하는 힘이 부족했다. 부주의적 맹시에 빠졌다. 부주의적 맹시는 자신이 보고 싶은 것만 보기 때문에 주변에 일어나는 상황을 인지하지 못하는 것이다. 나는 한 가지에 꽂히면 외골수가 되어버린다. 숲을 바라보지 못하고, 나무만 보기 때문에 실수를 하게 된다. 신중하게 생각하고 판단해야 하는데, 미리 결론을 짓고, 결과만 생각하니 행동만 너무 앞서가고 다른 사람들의 말을 듣지 않는다. 폭넓게 사고하지 못하는 것이다.

'설마, 이 정도쯤이야 괜찮겠지' 또는 '나 하나쯤이야'와 같은 부주의적 맹시가 초래하는 안일함이 대순진리회에서 뼈아픈 경험을 하게 했다. 지금도 부동산 투자라는 큰일을 앞두고 부주의적 맹시에 빠진 것이다.

사고하는 힘이 부족했다. 귀도 얇고 남의 말을 곧이곧대로 믿었다. 무엇이 부족한지 알려고 하지 않은 것이 더 큰 문제였다.

하지만 무엇인가를 시작할 때는 누구보다도 바지런하고 부지런했다. 중학교 때 검사한 IQ 지수는 120이었다. 아인슈타인의 '1%의 영감과 99%의 노력'이라는 말을 믿고 살아왔다. 그런데 IQ와 성실성은 사고하는 인식, 즉 '의식의 힘'과 '깨어남'과는 전혀 상관이 없었다. 깨어남은 한순간에 오기도 하고, 아니면 영원히 도달하지 못할 수도 있기 때문이다.

인연과
카르마

인연의 사전적 의미는 '사람들 사이에 맺어지는 관계'다. 전생과 현생과의 인연, 그리고 국가 간의 인연(외교), 개인과 개인 간의 인연이 있으며, 시대와 상황에 따라 다르게 해석되기도 하고, 변수가 생기기도 한다.

이 중에서 개인 간의 인연을 이야기하고 싶다. 내가 태어나면서 맺어진 부모와 형제들의 인연은 떼려야 뗄 수 없는 숙명적 인연이다. 그리고 20대가 된 후에는 이성과의 인연이 중요했다. 이성만이 온전히 내가 선택할 수 있는 관계라고 여겼다. 이성을 생각할 때면 가슴이 설레기도 했다.

은행에 근무하면서부터는 결혼하는 사내 커플을 보거나, 동료나 후배가 소개팅한 사람과 결혼한다는 소식을 접할 때마다 내심 부러웠다. '나는 언제쯤 결혼할 수 있을까?', '내 짝은 어디에서 무엇을 하고 있을까?', '언제 만날 수 있을까'를 생각하며 미래의 배우자를 기다렸다.

우리 집은 일곱 자매의 딸 부잣집으로, 남자라고는 아버지밖에 몰랐다. 초·중·고등학교 모두 여학교를 나와서 남학생을 만나본 적도 없는 데다 직장에서도 노총각 한 명을 빼고 나면, 모두 가정이 있었다. 성격도 내성적이고, 사교적이지 못해 누군가 대신 내 머리를 깎아줘야 했다.

22살 때쯤 친언니가 소개팅을 해줬다. 늦깎이 첫 미팅이었다. 약속 장소인 커피숍으로 들어갔을 때 남자 두 명이 마주 보고 앉아 있었다. 나는 첫눈에 들어오는 잘생긴 남자가 오늘의 주인공이길 바랐다. 그리고 내 예상은 적중했다. 한 남자는 남자 쪽 주선자였고, 마음에 든 다른 한 명이 오늘의 주인공이었다. 기쁜 감정을 애써 감추려 했다. 남자 쪽 주선자가 자리를 비워줬고, 대화를 시작했다. 그런데 이 느낌은 대체 무엇일까? 겉으로 보이는 잘생긴 외모 속에 숨겨진 텅 빈 느낌, 혹시 이것이 백치미라고 하는 것일까? 내심 놀라면서 실망스러웠다. 게다가 담뱃재를 검지로 터는 모습이 왠지 남성스럽지 못하다고 느껴졌다.

첫 소개팅은 그렇게 허무하게 끝났다. 실망만 가득 안고 택시에 올라탔다. 불현듯 어젯밤에 꿨던 꿈과 오늘 일어났던 일들이 일치하는 이상한 기분이 들었다.

그 당시 내가 느꼈던 짧은 몇 초의 느낌은 직감이었다. 영업을 한다는 한 여자에 대한 이야기를 들은 적이 있다. 불특정 다수의 사람을 상대하다 보니, 사람을 만날 때마다 그 사람에게서 느껴지는 첫 느낌과 인상을 메모해둔다고 한다. 이후 무슨 일이 생기면 첫인상을 적어놓았던 노트를 보고 참고한다고 했다. 이처럼 첫인상은 한 사람을 평가하는 데 매우 중요한 요소다. 그 소개팅을 통해 첫인상 하나로 인연이 이뤄질 수도, 끊어질 수도 있다는 것을 배웠다. 무엇보다 직감과 육감, 영감, 예감이라는 소중한 느낌을 경험해볼 수 있는 기회였다.

첫 소개팅이 끝나고 시간이 흘렀다. 나랑 동갑이지만 입행을 늦게 한 남자 은행원이 우리 지점에 발령을 받아서 인사를 하러 왔다. 흰 피부에 갸름한 턱선을 가진 귀공자 타입이었다. 보자마자 한눈에 반해버렸다. 내 앞에 인사하러 왔을 때는 쑥스러워서 고개를 들 수조차 없었다. 함께 근무하면서 몇 마디 나눠보니 성격도 유순하고 순수했다. 부모님께서는 슈퍼마켓을 하신다는데, 집안도 괜찮게 사는 것 같았다. 어느 날 나도 모르게 차 한잔하자고, 데이트를 신청했다. 나에게 이런 용기가 있었다니….

그에게 첫 질문을 했다. "꿈이 뭐예요?"
남자는 "꿈이 없는데요"라고 짧게 말했다. 거창한 꿈이 아니더라도 무엇을 해보고 싶다는 말을 기대했는데, 꿈이 없다니 실망을 금치 못했다. 내가 이상한 사람인가? 꿈이 없다는 말에 매력이 뚝 떨어졌다. 꿈이 없다는 것은 앙꼬 없는 찐빵처럼 가슴 속에 열정이 없다는 것인데, 도대체 사는 의미가 무엇일까? 그냥 하루 세끼 밥 먹고 편안하게 살면 되는 것인가? 내 마음은 차갑게 식어버렸다.

잘생기고 경제적인 여유가 있다면 싫을 이유야 없겠지만, 내가 바라는 이상형은 인성은 물론, 비전이 있는 사람이어야 했다. 아직 인연을 만날 수 있는 때가 아니라고 생각했다. 종교는 따로 없었지만 성서의 말씀이 떠올랐다(교회는 겨우 4살 때 처음으로 셋째 언니의 손에 이끌려 새벽 5시 예배를 갔지만, 이후 종교 없이 지내왔다). "사람이 빵으로만 살 것이 아니라, 하느님의 입에서 나오는 말씀으로 살 것이다." 마태복음 4장 4절 말씀이다. 진리는 어디에서나 내 마음속에 있는 것 같다.

어느 날 같은 지점의 한 살 아래의 여자 후배가 나에게 도발을 해왔다. 후배는 회식 때 물건을 내 쪽으로 살짝 던지는 행동을 했는데 적잖이 놀랐다. 기분이 나쁘기보다는 당돌하고도 당차 보였다. 나와는 다른 성격의 후배가 내심 마음에 들기도 했다. 이후 우리 둘은 금방 친해졌다. 후배가 자기 집에서 자고 가라고 했을 때도 선뜻 승낙했다. 자신의 여동생은 미스 춘향 출신이고, 집은 수입 대리석으로 꾸몄다는 등 집안 자랑을 연신 했던 터라 어떻게 사는지 궁금하기도 했다.

그런데 후배가 대문을 여는 순간, 이상한 느낌이 들었다. 내가 느낀 것을 후배도 알아차린 눈치였다. 후배는 "언니, 방금 이상한 느낌이 들었지?"라고 말해 나를 놀라게 했다. 순간, 서로가 텔레파시가 통한 것은 아닌지 신기했다. 우리가 아는 천국이나 천상에서는 대화하지 않고도 서로 감응으로 대화할 수 있다는데, 이것이 바로 그런 것이 아닐까 생각했다.

우리는 주변에서 친자매냐고 물어볼 정도로 친하게 지냈다. 그런데 후배가 같은 지점의 남자 동료와 사귀면서 나와는 자연스럽게 멀어졌다. 허전하고 쓸쓸했고, 외로운 마음이 들었다. 이제는 '결혼 언제 하냐?', '결혼 안 하냐?'라는 부모님의 잔소리가 학교 다닐 때 '공부해라!', '공부 안 하느냐'라는 말하고 똑같이 듣기 싫었다. '짝이 있어야 결혼을 하지, 아무하고 하나? 누구는 연애하기 싫어서 안 하냐고요'라고 외치고 싶었다.

심지어 중매 아주머니가 여러 남자를 소개해줘서 열심히 선도 봤는데, 남자 한 명을 소개해줄 때마다 건당 3만 원씩 수당을 받았다는 소리에 기가 찼다. 수당을 벌기 위해 나를 이 사람, 저 사람 소개해 준 것도 모르고 나는 열심히도 선을 봤다. 나름 노력했지만, 만족할 만한 결과는 없었다.

한번은 서울 종로에 있는 조계사에 가봤다. 아는 언니와 함께 수

련회에 참가한 적이 있어서 낯설지 않았다. 부처님이 계신 본당이 아닌, 석가여래상이 있는 곳에 가서 절을 하고 나왔다. 절을 하고 나오는데 마음인지 머릿속에서인지 '인연이다. 시간과 공간이 만나는 지점이다'라는 직감이 느껴졌다. 나는 생전 처음 '인연'이라는 단어를 들었다. 아니 느꼈다.

'생각지도 못했던 낯선 단어가 어떻게 떠올랐지? 무의식 속에 있었나?', '도대체 이게 무슨 느낌이지?' 하면서 속으로 놀랄 수밖에 없었다. 30년 전만 해도 삐삐를 썼고, 인터넷이나 유튜브도 없었다. 요즘처럼 노래 가사에 흔하게 인연이라는 단어가 나오지 않았고, 사람들도 '인연인가 보네요'라는 말을 친근하게 쓸 때가 아니었기에 더더욱 신선한 충격이었다.

에이스카풀루스의 《천국의 문》에 나오는 내용을 발췌해봤다.

"마음속 천국에는 내면의 신을 모시는 신전이 있으며, 그 중앙에 신의 보좌가 있는 것입니다. 빛이 좌정해 있는 것입니다. 이 빛은 파동이자, 소리입니다. 바로 하느님의 목소리이며, 여러분을 상승의 길로 이끄는 안내자입니다."

진리는 간단명료하게 전달된다. 충분히 스스로 알아듣고 이해할 수 있다. 직감은 나의 신성에서 발현되어 느껴지는 에너지의 일부였으리라 생각한다. 직감은 파동이자 소리로 전달되기에 본인만이 알 수 있는 하느님의 목소리이자 안내자인 것이다.

각자가 믿는 종교의 메시아(Messiah)라고 생각할 수도 있다. 그 당시는 절에서 기도한 뒤에 직감이 느껴졌기에 그것이 부처님이 아닐까 생각했다. 불교 서점에 가보니 놀랍게도 부처님께서 설법하신 내용 중에 '인연법'이 많은 비중을 차지했다. 인연이란 원인(인)이 있으면, 그 원인(인)으로부터 생겨난 결과(연)라고 한다.

나는 인연을 시간과 장소로 바꿔 생각해봤다. 내가 만나는 장소와 만나는 시간에서 인연은 이루어진다. 사람이나 특정 사건, 사고도 마찬가지다. 예를 들어, 교통사고가 났다고 가정하자. 교통사고가 난 장소에 몇 초 만이라도 늦거나 빠르게 도착한다면, 과연 그 일이 일어날 수 있을까. 1초도 틀림없이 시간과 공간이 만났을 때 교통사고가 일어난다. 같은 장소와 같은 시간이 서로 일치해 맞물려서 일어나는 것이다.

우리나라의 옛 전통인 베틀은 실을 끌어당기고, 놓고, 실을 반복적으로 교차해서 직물을 만들어낸다. 씨줄과 날줄이 만나야 직물이 완성되는 것이다. 인연을 만나는 과정도 이와 같다.

내가 생각하는 이상형을 만나기 위해서는 그 상대가 있는 곳으로 가거나, 환경을 바꿔야 한다. 내가 아무리 만나고 싶어도 매일 가는 장소가 직장이고 집이라면 주어진 환경 내에서만 만남의 조건이 한정 지어진다. 내가 바뀌지 않고는 환경을 바꿀 수 없고, 환경이 바뀌지 않고는 더욱더 달라질 것은 없었다.

　내 카르마가 내 인연을 만든다. 카르마(karma)는 불교 용어로, 업(業)이라고 한다. 내가 하는 말과 생각과 행동이 모두 카르마가 되는 것이다. 카르마는 씨앗이 되어 그 결과인 인연을 만든다. 거시적으로는 카르마가 원인이 되고, 인연은 결과가 된다. 열정적인 카르마는 열정적인 결과를 만들어낸다. 우리는 선한 카르마로, 선한 인연을 만들어내야 한다. 선한 인연을 만나기 위해서라도 깨어남은 선행되어야 한다.

시간과 공간의
의미

시간과 공간의 의미는 무엇일까? 시간과 공간은 왜 생겨났을까? 어린아이라고 할지라도 시간과 공간을 모르는 사람은 없을 것이다. 대체로 시간은 흘러가는 것이고, 공간은 장소라고 말할 것이다. 나도 그렇게 생각했었다. 실은 시간과 공간에 대해 큰 의미를 두고 살지 않았다. 단지 우리가 살아가는 데 시간과 공간은 떼려야 뗄 수 없는 필수 불가결한 구조라고만 생각했다. 잠자고, 일하고, 생활하려면 공간이 없으면 안 되고, 출근 시간 맞춰 아침에 일어나려면 알람이 필요하고, 퇴근 시간까지 연신 시계만 보듯 현대 문명은 시간을 모르면 아무것도 할 수 없기 때문이다.

창세기 1장 5절 말씀에 "하느님께서는 빛을 '낮'이라 부르시고 어둠을 '밤'이라고 부르셨습니다. 저녁이 지나고 아침이 되니, 이날이 첫째 날이었습니다"라는 구절이 있다. 창세기 1장 10절 말씀에는

"하느님께서 뭍을 '땅'이라 부르시고 모인 물은 '바다'라고 부르셨습니다. 하느님께서 보시기에 좋았습니다"라고 나온다(나는 종교와 상관없이, 창조주 하느님만을 믿기 때문에 이해하기 쉽게 필요한 말씀만 인용했다).

태초에 무의 상태에서 빛을 만드셨고, 빛은 다시 낮과 밤으로 나눠지고, 땅은 육지와 바다로 갈라지게 됐다. 낮과 밤으로 인해 시간이 생겨났고, 땅과 바다로 인해 공간이 생겼다. 아무것도 없는 어둠인 무극에서 빛과 어둠인 태극으로 갈라지고 다시 음양으로 나눠진 것이다. 이렇게 음양으로 나눠진 것을 이원성이라고도 한다. 이원성이란, 말 그대로 서로 다른 두 가지 성질을 가지고 있다는 뜻이다.

시공간이 생기면서 동시에 이원성의 세계에서 살게 된 것이다.
빛과 어둠, 해와 달, 남자와 여자, 불과 물, 선과 악, 좋고 싫음, 기쁨과 슬픔, 사랑과 증오 등 눈에 보이는 것과 보이지 않는 것, 감정과 생각의 영역까지 모두 이원성에 속해 있다.

시공간은 이원성으로 나타나 보이는 모든 것은 물론, 내가 지금 보고 있는 노트북, 듣고 있는 새소리, 손으로 잡고 있는 볼펜의 촉감, 마시고 있는 물 한 잔, 숨 쉬고 있는 것 등 오감(불교 용어로 안이비설신)과 생각, 감정 등 갖고 있는 모든 것을 담고 있는 '그릇'이다.
또한 이러한 그릇을 '인드라망'이라고도 할 수 있다. 인드라망 안에서 카르마와 인연으로 얽히고설켜 살아가고 있기 때문이다. 예를 들어 아버지와 어머니가 만난 것도 카르마에 얽힌 인연 때문이고, 이 인연으로 인해 합궁과 수태라는 카르마 과정을 거쳐 '나'라는 결과 즉, 또 다른 인연을 만들어낸 것이다.

지구가 23.5도로 기울어져 있는 과학적 사실에서도 시공간을 유추해 볼 수 있다. 23.5도로 기울면서 무극에서 태극으로 시공간이 생기게 됐고, 생명이 살 수 있게 됐다. 만약에 지축이 기울어지지 않고 똑바로 서 있다면 생명이 살 수 없다. 적도 부분만 계속 낮이 지속되어 뜨거워질 것이고, 북극과 남극은 꽁꽁 얼어서 어느 곳 하나에도 생명이 살 수 없을 것이기 때문이다. 다행히 지구가 23.5도로 기울어져 있어서 극단적인 기후를 피해 생명이 존재할 수 있었다. 그리고 자전과 공전을 통해 낮과 밤이 생기고, 시간과 공간의 개념이 생겼다.

대부분 사람들이 시간은 '흐른다' 또는 '쌓인다'라고 말하지만, 시간은 흐르지도 쌓이지도 않는다. 단지 뇌에서 그렇게 생각하거나 느끼는 것뿐이다.

'해마'라는 우리의 뇌 기억장치에 지나간 1초 전의 기억이 저장되면, 1초 전의 시간을 과거라고 인식하게 된다. 1초 전에 저장된 시간과 현재 사이의 시간 차이를 통해 시간이 흐르고 있다고 정의한다. 1초 전은 과거가 되고, 과거와 현재를 인지하면서 미래도 있다고 정의하게 되는 것이다.

결국 과거와 미래는 현재라는 시간에서 만들어진 것이다. 그래서 과거, 현재, 미래 모두가 하나이며, 동시성을 갖는다는 말이 나오는 것이다. 우리에게는 오로지 현재라는 시간만 존재한다. 과거를 생각하면 우울하고 미래를 생각하면 걱정이 앞선다. 영혼은 현재 의식에만 존재하기 때문이다. 그래서 현존이다. 영혼의 자유를 위해서 과거와 미래에 영혼을 붙들어 매지 말고 현재에 집중하자. 즉, 현재에 최선을 다해야 한다.

또한 시간과 공간은 원래 하나이다. 시간과 공간은 따로 떼어서 존재할 수 없기 때문이다. 시간이 존재하기에 공간이 존재하는 것이다. 공간이 존재할 수 있는 것은 시간이 있기 때문이다. 어느 것 하나 홀로 존재하지 않는다.

더 근원적으로 들어가면, 시공간은 존재하지 않는다. 시공간은 물질세계, 이원성의 세계에서만 존재한다. 우리의 의식이나 영혼의 관점에서 시공간은 무한한 것이나, 결국 시간에는 '찰나'만이 존재한다.

1994년 아침 출근 시간 때 성수대교가 붕괴했다. 서울 한복판에서 대교가 무너졌다니 믿기지 않을 정도로 참혹했다. 누군가는 사고 시간보다 앞서 지나갔거나, 평소보다 늦게 도착해 사고를 면하기도 했다.

인간은 육체를 갖고 살아가는 한, 시간과 공간의 테두리에서 한 치도 벗어날 수 없다. 죽고 나면 육체에서 분리된 영혼만이 자유롭게 이 시공간에서 벗어날 수 있다. 죽음을 통해서든 유체 이탈을 통해서든 말이다.

호흡을 통해 시간과 공간의 개념을 설명하고 싶다.

호흡은 들숨과 날숨으로 나눠진다. 한번 들이쉬고 나서 내쉬지 못하거나, 한번 내쉬고 나서 다시 들이쉬지 못한다면 죽음을 맞이할 것이다.

'사람이 어떻게 죽느냐?'라고 묻고, '숨을 쉬지 못해 죽는다'라고 답하면, 아재 개그 정도로 웃어넘길 것이다. 그도 그럴 것이, 눈에 보이지 않는 공기를 호흡할 때마다 감사하게 생각하거나 매 순간마다 의식하고 살아가는 사람은 거의 없기 때문이다.

고등학교 때 반 친구가 교과서 모서리 귀퉁이에 사람을 그렸다. 몇십 페이지에 약간씩 동작을 바꿔둔 그림을 반복해 그려놓은 후에, 손으로 훑듯이 페이지를 연속해서 넘기니 마치 사람이 움직이는 것처럼 보여서 신기했었던 기억이 난다. 만화 역시 반복적인 그림을 영사기를 통해 보여주는데, 우리는 만화의 캐릭터가 실제로 움직이는 것처럼 느낀다.

우리 역시 한번 숨을 들이쉬고 내시는 것이 한번 살고 죽는 것이다. 이것이 만화 제작 과정처럼 연속적으로 이어져서 마치 계속 살고 있는 것처럼 느끼고 있다. 한 가지 예를 들자면, 우리는 지난날을 추억할 때 파노라마나 동영상처럼 긴 장면이 떠오르는 것이 아니라,

사진처럼 단편적인 기억만 떠오른다.

점을 하나 찍자. 점을 계속 찍어나가면, 선으로 연결된다. 마치 이전에도 살았고, 현재도 살고 있으니 미래에도 계속 살아질 것으로 생각한다.

한 호흡이 끝나고, 또 호흡하며 반복적인 호흡 속에서 마치 우리가 계속 살고 있다고 착각한다. 한 호흡이 시작되는 순간, 무극에서 태극으로 갈라지고 오행이 함께 율동하며 삶과 인생이 변화한다. 호흡 전과 호흡 후의 인생이 시시각각 변화하는 삶이 된다.

우리 몸은 소우주로서 호흡을 통해 대우주의 무한한 사랑과 에너지를 조건 없이 받아들인다. 마치 어머니의 탯줄을 통해 태아가 영양분을 흡수해 성장하고 있는 것처럼 말이다. 호흡은 소우주와 대우주를 연결하는 중요한 통로라고 생각한다.

한 호흡이 한 현존이며, 우주와 연결된 영혼이 시공간을 넘어 자유와 사랑의 빛을 향해 나아가는 것이다.

그리고 최근에 느낀 것이지만, 시간과 공간의 의미에 대해 중요한 한 가지를 덧붙이고 싶다. 시간과 공간이라는 커다란 테두리 안에 있는 모든 만물(하늘, 땅에 있는 모든 것들과 사람들, 무기물, 유기물 등)은 우연이 아니라 모두 필연적으로 만들어진 것이다. 어느 것 하나도 소홀히 할 수 없는 이유이다. 어느 것 하나도 중요하지 않은 것이 없다. 어느 것 하나 구성을 빠뜨릴 수 없을 정도로 완벽하게 구성되어 있다. 비단 사건뿐만 아니라, 보이지 않는 모든 것들도 포함해서 시간과 공간 안에서….

수호천사들이
하는 일

    스위스 그랜드 호텔 출장소에서 근무할 당시 호텔에 투숙하고 있던 외국인 여성분이 유모차에 아기를 태우고 온 적이 있다. 아이는 2살 정도의 유아로 보였다. 또렷한 이목구비는 물론이고, 맑은 피부에 동그란 눈이 마치 사파이어 보석처럼 반짝거렸다. 아이의 눈동자를 보자 나도 모르게 감탄사가 나왔다. 만약에 천사가 있다면, 이런 모습일 것이라고 생각했다. 순수하고 사랑스러운 모습이 더할 나위 없이 선한 마음을 갖게 했다.

    어느 날은 지하철을 타고 가다가 한 아이를 안고 있는 여성분을 보게 됐다. 지하철 손잡이를 잡고, 엄마 품에 안겨 있는 아이를 살며시 내려다봤다. 나는 이 세상 모든 아이는 귀엽고 사랑스럽다고 생각했다. 그런데 아이 얼굴이 마치 인생을 다 산 것처럼 시름이 깊어 보여서 깜짝 놀랐다. 아이에게 이런 모습이 있다니 놀라웠다. 마치 어른의 모습이 축소된 '어른 아이' 같은 느낌마저 들었다. 그렇다고 이 아이가 이상하다는 것은 절대 아니다. 당시 느낌이 그랬을 뿐.

육체는 영을 담는 그릇에 지나지 않는다. 나이와 상관없이 그 영혼이 얼마나 순수한지가 더 중요하다고 생각한다. 영혼은 육체를 벗어나면 하나의 독립된 개별 영체로 존재하기 때문이다.

한번은 강남 한복판을 지나는데 5살 정도 여자아이가 아빠의 손을 잡고, 이 길이 아니라며 이쪽으로 오라고 아빠를 리드했다. 똑 부러지는 아이의 모습을 보고 참 영악하다고 생각했다. 우리 세대 때 아이들이 대체로 순수하고 어리숙했던 것에 비해 요즘 아이들은 현실적이고 영악하다. 특히 청소년들은 더 하다. 반듯한 청소년도 많지만, 예전보다 아이들이 무섭게 느껴지는 이유는 무엇일까?

요즘 시대는 과학 등 물질문명이 고도로 발달해 육체가 빠르게 성장한다. 성숙해진 육체는 노화가 시작된다. 영혼도 마찬가지다. 슈카이브님의 저서《죽음 이후 사후세계의 비밀》에는 '영혼도 성장하고, 발전하고, 진보(진화)하고, 자유를 추구하고, 영혼의 완성을 목적으로 한다'라는 말이 나온다. 또한 성경에 나와 있듯이 지금의 시대는 '영혼추수' 시대의 끄트머리에 와 있다고 해도 과언이 아니다. 육체적·물질적 발전도 중요하겠지만, 진짜 중요한 영혼의 양식을 살찌워야 한다.

레오나르도 다빈치(Leonardo da Vinci)가 최후의 만찬을 그릴 때, 천사의 얼굴과 유다의 얼굴을 참고할 사람을 찾았다고 한다. 천사의 얼굴을 그리기 위해 찾은 사람은 스데반이었다. 천사들은 하느님의 진리를 전하는 존재로 두려움과 걱정, 분노가 없고 근심하지 않으며, 불의한 일을 당해도 정의가 승리할 것이라는 믿음이 담긴 모습이다. 보기만 해도 성령이 충만해 평안해진다.

이후 다빈치는 '최후의 만찬'의 마지막 인물인 배신자 가룟 유다의 모델을 찾지 못해 헤맸다. 로마 시장이 사형수 중에 찾아보라고 하자, 그중에서 모델을 찾아 그림을 완성했다고 한다.

그런데 사형장에서 찾은 모델은 다름 아닌 다빈치가 천사의 얼굴을 그릴 때 참고했던 스데반이었다. 천사의 얼굴과 악마의 얼굴은 따로 있는 것이 아니다. 둘 다 한 사람이었고, 하나의 영으로서 존재했다. 천사의 모습은 남녀노소, 동서고금을 막론하고 외부에 있는 것이 아니라, 우리의 내면에서 찾아야 한다. 육신의 천사를 찾는 것이 아니라, 눈으로 보이지 않는 내면에 감춰진 천사를 찾아야 한다. 인간은 영혼의 존재이고, 육신은 잠시 빌려 입은 옷에 불과하기 때문이다.

내가 아는 천사들은 크게 분류하면, 물질 세계의 천사와 천계(영계)의 천사, 순수 천사와 타락 천사로 구분된다. 수호령(수호) 천사, 지도령 천사, 인도령 천사 등 더 다양하지만, 지구가 끝나는 마지막 시대에는 상승 천사와 소멸 천사가 나타난다고 들었다. 그리고 맡겨진 임무나 사명에 따라, 직급에 따라 천사장이나 4대 대천사, 일반 천사로 나뉜다고 한다.

천사에게도 역할과 사명이 있다고 알고 있는데, 내가 가장 중요하게 생각하는 것은 천사가 하는 일이다. 지금, 이 시대에 천사들에게 가장 중요하고도 긴급한 일과 사명은 '인류를 깨어나게 돕는 일'이다. 학교를 졸업하면 졸업식을 하고 졸업장을 수여한다. 언제까지 마냥 학교에 머물 수 없다. 우리가 살아가는 지구 학교도 마찬가지다. 졸업할 때가 되면 지구를 떠나 차원상승의 길로 가야 한다고 한다. 그리고 시간이 얼마 남지 않았다고 한다.

2012년에 극이동(지축정립)이 일어난다고 해서 사회적 이슈가 됐었다. 슈카이브님께 배운 바에 따르면, 그때 실제로 일어날 일이었다. 만약 극이동이 실제로 일어났다면 '과연 지금의 내 존재가 있었을까'라는 생각에 등골이 오싹하다.

다행히 창조주님의 크신 사랑으로, 깨어난 3.5%의 인류를 살리시기 위해 지구 극이동 직전에 이들을 상승시킬 수백만 대의 우주연합 은하함대, 아버지의 군대 UFO를 이 땅에 보내셨다. 수십억 명의 천사들이 인류를 깨우기 위해 지금 한반도에 와 있다고 한다. 지구 극이동 후에 지구 리셋(멸망)이 온다는 사실을 믿고 확신한다. 창조주님

과 가이아 어머니께서 모든 징조를 보여주고 계신다. 나는 재림예
수이신 슈카이브님의 말씀을 듣고 깨어났으며, 예수님의 권세와 권
능으로 나뿐만 아니라 많은 사람들이 매일 은하함대의 UFO를 보고
있다.

보통 데자뷰 현상을 느끼는 사람이 있는가 하면, 한 번도 느끼지
못하는 사람도 있다. 나는 평생 몇 번 겪은 것이 전부였는데, 2022
년도 한 해는 특별했다. 하루에 10번도 넘게 이상한 기분이 들 정도
로 데자뷰가 반복됐다. 1년 동안 겪은 데자뷰 현상만 200번은 족히
넘을 것이다. 그 당시에는 도대체 이런 현상이 무엇인지 알 수 없어
주변에 이에 대해 물었다. 쓸데없는 것이라고 치부하는 사람이 있는
가 하면, 영성적으로 깨어난 사람은 '영혼이 먼저 일이 일어나기 전
에 아는 현상'이라고 했다. 지금 생각해보니, 천사가 나를 깨우기 위
한 것이며, 내가 꿈속에서 깨어나려고 발버둥 치듯이 내 영혼이 깨
어나려고 안간힘을 쓴 것이라고 생각한다.

역학은 음양오행의 학문이다. 오행에 해당하는 목, 화, 토, 금, 수
중에 앞으로의 시대는 '수'의 시대이며, 물병자리의 시대를 맞이한
다. 12,000년 대 주기에 맞춰 지구의 차원상승이 이뤄지는 것이다.
또한 수는 '휴식과 저장'의 대명사다. 펼치고 성장하는 시대는 끝났
다. 수의 시대가 곧 다가오니 추수를 끝내고 곡식과 씨앗을 저장해
서 추운 겨울을 나야 한다. 봄에 씨앗을 뿌리고 여름의 뙤약볕에 수

고를 한 사람들은 거둘 것이 있고, 베짱이처럼 놀고 마시고 즐겼다면 곧 추운 겨울이 닥쳐 굶어 죽거나, 얼어 죽을 것이기 때문이다.

천사들은 우리와 한시도 떨어져 있은 적이 없다. 나 역시 천사는 동화 속에서나 꿈속에서나 나오는 것이지, 실제 존재한다고 생각하지 못했다. 그럼에도 천사들은 직감이나 묘한 느낌, 예감, 육감, 영감과 꿈 등으로 우리를 깨우기 위해 불철주야 시그널을 보내왔다. 우리 곁에 항상 같이 있지만, 우리는 '눈에 보이는 것'만 믿기 때문에 알지도 못하고, 알려고 하지 않았다. 나 역시 수시로 주는 천사의 시그널을 무시하며 살아왔고, 그에 대한 결과는 고스란히 내가 짊어지고 살았다.

그렇다고 천사가 직접적으로 개입하지는 않는다고 한다. 왜냐면 인간에게는 '자유의지'가 있기 때문이다. 천사가 개입하거나 간섭할 수가 없다. 천사가 우리를 깨우는 방법 중 하나가 '엔젤넘버'다. 많은 사람들이 하루에도 여러 번 엔젤넘버를 본다. 무심코 지나가는 사람들도 있지만, 나는 천사의 신호라는 것을 알기 때문에 엔젤넘버가 보이면 천사가 나와 함께 있음을 알고, 천사가 나를 깨우고 있다는 것을 감사하게 생각한다. 엔젤넘버는 11111부터 99999까지, 11이라든지 111 등 반복된 숫자가 보이는 것이다. 시간이나 차량번호라든지 전화번호 등 무수히 다양하다. 숫자 각각의 의미를 세세하게 알 필요는 없으나 간단히 인용해 요약해봤다.

- 111 : 정확한 시기에 길을 제대로 가고 있다는 메시지이다. 새로운 출발, 기적과 행복을 뜻한다.
- 222 : 자신의 생각, 소망 등이 현실로 발전하기 시작한다. 긍정적 생각을 갖고, 시각화해야 한다.
- 333 : 성장과 성숙의 의미이다. 천사 혹은 우주가 자신의 계획을 도울 준비가 되어 있다는 의미로, 행복과 기쁨을 가져다주는 일을 해야 한다.
- 444 : 당신이 있어야 할 바로 그곳에 지금 있다는 것을 의미한다. 그동안 수고의 결실을 받을 때이다. 매일 좋은 것이 오고 있고, 복을 받고 있다는 것을 의식해야 한다.
- 555 : 어떤 순간에 변화가 일어나리라는 것만 알면 된다. 변화를 즐겨라. 이것이 자신을 더 강하게 만들 것이다. 과거에 묶여 살지 말고 현재, 바로 지금을 사는 것이 중요하다.
- 666 : 삶의 방향에 명확한 길을 요청하라. 그리로 인도해줄 것이다.
- 777 : 나의 존재가 더욱 강해지고 있다는 메시지이다. 스스로의 단점과 좋지 않은 과거에 얽매이지 말고 긍정적인 경이로운 것들에 집중하기를 바란다. 당신에게 무엇인가 중대한 변화가 오고 있는 상황이다.
- 888 : 당신의 경제적 안정이 성취될 것임을 알려주는 신호이다. 부와 성공을 가져다주는 숫자다.
- 999 : 리더십과 지혜의 의미가 있다.

지금 살고 있는 집은 30년 된 노후 아파트이다. 집주인이 집수리를 했다고 했지만, 전 세입자가 고양이를 키웠는지 여기저기 구멍

난 부분, 벗겨진 칠 등이 있어 심란했다. 내부라도 깨끗했으면 해서 입주 때 입주 청소를 별도로 했지만, 크게 도움이 되지 않았다. 하지만 막상 계약 만기가 되어 이사를 하려니 갈 곳이 마땅치 않았다.

마음속으로 기도를 했다. '앞이 탁 트이고 산도 보이면 좋고, 새소리도 들리고 공기도 좋고, 깨끗한 집을 구하게 해달라'고 이날 바로 부동산 중개사무소에 연락했다. 통화할 때 무심코 시계를 보니, 1시 11분(엔젤넘버 111)이었다. 이 중개인이 어쩌면 내 집을 구해줄 수 있겠다는 생각을 해봤다.

차로 출발할 때 우연히도 시간이 3시 33분(엔젤넘버 333)이었다. 이때까지도 사실 아무 생각이 없었다. 그런데 중개인이 첫 집을 보여줬을 때 기도했던 집과 거의 흡사해서 놀랐다. 창밖으로 자그마한 야산이 보였고, 건물들은 발밑으로 나직이 있어, 나머지는 온통 파란 하늘이 가득했다. 새까지 반갑다고 지저귀는 것 같았다. 아쉬운 점은 엘리베이터가 없다는 것이었다.

내가 사는 곳은 소도시라서 간혹 엘리베이터가 없는 집이 있었다. '이것도 기도 내용에 넣을 걸 그랬나?' 집에 도착해서 차를 주차하고 시간을 보니 4시 44분(엔젤넘버 444)이었다. 나는 중개인에게 한 달 정도 여유를 두고 입주할 수 있다면, 계약하겠다고 전했다.

잠시 '죽음'에 대해 이야기하자면, 초등학생 때부터 죽음에 대한 공포를 느꼈고, 평생 죽음의 공포가 따라다녔다. 이유도 모른 채 '나만 그런 것이겠지' 하고 체념했다. 수치스러워서 남에게 말도 꺼내지 못했다. 그러다가 한참 후에야 '윤회'라는 말을 듣게 됐다. 잠시나마 윤회라는 말을 듣고 안도감을 느낄 수 있었다. 그러나 기억이 없는 채로 삶을 반복한다는 것이 무의미하다는 생각이 들었다. 기억이 없어진다는 생각을 하자, 이것 또한 공포로 느껴졌다. 그래서인지 나는 건강검진을 할 때 수면 내시경이 너무 싫다. 마취되어서 잠시라도 기억이 없는 상태가 싫었다. 공포스러운 생각도 들었다. 부처님처럼 해탈하고 싶은 생각이 들었다. 이 윤회의 틀을 벗어나 자유롭고 영원하고 싶었다. 하지만 지금에 와서 생각해보니 죽음의 공포 속에 살게 한 것은 수호 천사가 나를 각성시키고 깨어나게 하기 위함이었다. 이제는 그 뜻을 이해하고 알 수 있게 됐고, 진심으로 감사한 마음을 느낀다.

　천사는 인간과 다름없이 생각하고 말한다. 단지 천사는 차원상승을 한 것이고, 인류는 3차원 세계에서 차원상승을 앞두고 있다. 인류를 깨어나게 하려고 하니 천사의 역할은 그만큼 중하고 바쁘다고 할 수 있다.

　인간으로 육화한 천사도 있지만, 평생 노점에서 야채를 팔며 모은 1억 원을 대학교에 장학금으로 기부한 할머니 천사가 계시고, 곳곳에 보이지 않는 곳에서 봉사와 인류애를 실천하는 인간 천사들도 무수히 많다. 천사는 보이지 않거나 보이거나 상관없이 내면에 있다. 내 마음속의 천사를 매일 매일 만나고 있다는 것을 느끼고, 감사하자. 더 많은 것을 보여주고 일깨워줄 것이다.

지구에
온 목적

중학생 때 옥상이 있는 단독주택에 세 들어 살았던 적이 있다. 빨래도 널 수 있는 넓은 옥상이 있었다. 밤에는 옥상에 올라가 하늘을 봤다. 새까만 하늘에 반짝반짝 빛나는 별들이 크리스마스 전등을 켜 놓은 것처럼 환하게 빛나고 있었다. 하늘을 가득 메운 별들이 금방 땅에 떨어질 듯 가깝게 보였다. 처음 올려다본 밤하늘은 신비로울 정도로 아름다웠다. 30년이 지난 요즘, 밤하늘에는 아무것도 보이지 않는다. 별을 볼 수 있는 것도 추억이 되어 버렸다.

낮에도 뿌연 황사처럼 하늘이 흐리다. 마치 하늘이 꽁꽁 문을 닫아버린 것 같다. 사람들도 마음의 문을 닫고 사는 것 같다. 물질적으로 풍요로운 사람도, 그렇지 않은 사람도 마음속은 남을 경계하고 의심한다.

비가 오는 날 신호등 앞에 서 있는 여성분이 비를 맞고 있기에 우산을 같이 쓰자고 했더니, 이상한 눈빛으로 바라보며 손사래를 치며 도망치듯 가버린 일이 있었다. 어처구니없기도 하고 기분이 좋지 않았다. 한번은 지하철에서 장애가 있는 아이가 에스컬레이터에서 넘어져 피를 약간 흘리기에 다가가서 휴지를 건넸다. 할머니는 '뭐 이런 걸 주느냐'라며, 필요 없다는 식이었다. 선한 친절도 할 수 없는 세상, 고맙게 알아달라고 한 것이 아닌데도 못내 씁쓸했다.

우리는 하루에 한 번이라도 하늘을 올려다보는가? 우리의 마음은 두려움과 근심, 상처를 꽁꽁 싸맨 채 자신의 눈앞에 벌어지는 것들에만 관심을 갖고, 주변을 둘러보지 않는다. 대부분의 사람들이 상처와 배신을 경험하고, 서로 경계하고 의심하며 살아간다. '태어났으니까 산다' 또는 '죽지 못해 산다'라고 말하는 이도 많다.

나 또한 앞만 보고 살아왔다. 배신과 상처들로부터 타인을 경계하고 살았다. 행복하지 않았다. 때로는 '내가 어디로 가고 있는 것인가, 내가 지금 무엇을 하고 있는 거지?'라고 반문한 적도 많다. 하지만, 지금 생을 살아가야만 하는 이유가 있으리라 생각해본 적은 있었다.

10년을 함께 살았던 한 남자에 대한 이야기다. 20대 후반에 카페에서 알바를 한 적이 있다. 차, 음료를 서빙해주는 곳이었다. 한번은 중년 남자에게 별생각 없이 전화번호를 받았다. 전화번호가 적인 메모지를 어딘가 던져두고 잊고 지냈다. 어느 날, 그 중년 남자가 문득 생각났다. 잘 꾸며놓은 레스토랑도 있고, 구경할 것이 많은 곳이니 놀러 오라고 한 말이 생각났다. 나는 결혼도 하지 않았고, 시간적으로 여유가 있었던 터라 바람도 쐴 겸 그 번호로 전화를 걸었다. 반갑게 맞아주니 찾아갈 용기가 났다.

　경기도 고양시에서 1시간가량 더 들어가야 하는 조용한 시골 같은 동네였다. 초행길에 낯선 곳이라서 그런지 살짝 겁도 났다. 그가 살고 있는 장소에 도착했다. 600평 규모의 대지가 평평하게 다져진 땅에 주거용 가건물이 있었다. 그는 나를 반갑게 맞이해주었다. 식사하러 간 레스토랑은 별도로 노래방 시설까지 갖춰놓은 그 동네의 사랑방 같은 분위기였다. 식사 후에 집 마당으로 돌아왔다. 넓은 공터 같은 마당에 한 그루의 큰 나무가 있었다. 그 나무 아래에 있는 나무로 짜놓은 마루에 걸터앉아서 그가 살아온 지난날을 듣게 됐다.

　그는 전라도 정읍에서 알 만한 만석지기 집안의 막내아들로 태어났다. 아주 어렸을 적에 나무에 올라갔다가 내려오지를 못해서 날이 저물 때까지 나무에 온종일 매달려 있었다고 한다. 그 뒤로 소아마비 증세가 나타났다고 한다. 지금이야 병원에 가서 고칠 수 있지만 그 당시는 알아주는 의사나 한의사들도 못 고쳤고, 아버지가 직접 약까지 조제해서 먹일 정도로 지극정성이었으나 결국 한쪽 다리가 굽은 채 평생 장애를 입고 살게 됐다. 병치레로 학교에 제대로 다니지 못하고 학업을 포기했다. 초등학교 졸업이 학력의 전부다. 대신 어렸을 적부터 신문 읽기를 좋아해서 꾸준히 신문을 읽어서인지 식견과 견문이 넓었다. 세상살이 이치에도 밝은 편이었다. 무엇을 읽든지 읽은 내용은 토시 하나 빠뜨리지 않고 그대로 말을 전달할 정도여서 어른들로부터 총명하다는 말을 들었고, 천재 소리도 들었다. 성품도 조숙하고 인물도 훤칠해서 학교 여선생이 병원에 찾아올 정도였다고 한다.

어머니는 장애가 있는 막내를 걱정하기보다 항상 장남만 생각하고, 나머지 자식들은 엄청나게 편애했다. '너는 산꼭대기에 갔다놔도 살 수 있으니 도리어 형을 도와주고 살아라'라고 했다고 한다. 그는 지원 한 푼 받지 못한 채 아무것도 없이 시골에서 홀로 생계를 꾸렸다. 그는 그런 어머니가 평생 밉고 원망스러워서 돌아가신 후에도 산소를 가지 않았다고 한다.

큰형은 사업하는 대로 자금을 지원받았지만 하는 일마다 실패했다. 큰형은 서울에 찜질방을 20억 원 이상 투자해서 럭셔리하게 지었지만, 곧바로 맞은편에 찜질방이 새로 생기면서 운영도 제대로 해보지 못한 채 문을 닫게 됐다. 평생 그렇게 부모님의 적극적인 지원을 받았음에도 불구하고, 성공 한번 해보지 못하고 돌아가셨다.

반면에 그는 부모로부터 아무런 도움을 받지 못하고 농사일부터 힘들게 시작했다. 다행히 농사일이 잘 됐다. 그 바람에 그럭저럭 밥은 먹고살았다. 군과 관련한 세탁 납품일을 받아 서울로 가게 됐고, 이것으로 돈을 많이 벌었다. 이 외에도 여러 가지 사업을 하며 돈을 벌었다. 이후 H 신문사에 만화 아이디어를 제안해 회장의 신임을 얻었고, 우리나라 최초의 아동 만화 선두자가 됐다. 그렇게 대한민국의 모든 판권을 쥐게 됐다. 국졸 출신이 인생을 살면서 최고의 날개를 단 것이다. 그런데 회사 내 누군가가 약속을 지키지 않아 틀어지기 시작해서 그만두게 됐다고 한다. 배신당한 마음에 상처가 깊어 보였다.

하지만 다시 일어나 우리나라 최초로 스튜디오 배경 그림을 착안해 3~5m가량 되는 대형 스크린 그림을 제작했다. 전국에 있는 사진관에 고가의 그림을 판매해 큰돈을 벌었다. 장애를 가지고 있고, 국졸인 데다 돈 한 푼 없이 맨손으로 시작했지만, 불굴의 의지와 배짱, 아이디어로 무에서 유를 만든 것이다. 그가 살아온 이야기를 듣고 있자니, 나도 금방 성공할 수 있을 것 같은 희망과 기대가 생겼다. 살아온 긴 세월을 다 글로 표현해내지 못한 것이 아쉬울 정도다. 그렇지만 부모와 형제 간의 상처, 아내와의 이혼, 회사로부터 배신 등으로 마음 아픈 일을 겪었다고 말했다.

현재 살고 있는 곳은 땅 주인에게 옥토를 만드는 조건으로, 600평을 증여받기로 한 땅이었다. 말이 개인 사유지이지 군부대가 점유하고, 개인이 들어올 수 없게 철조망과 경계 말뚝이 여러 군데 설치되어 있던 곳이다. 게다가 쓰레기 매립장으로 사용되어온 불모지였다. 그런데 이 사람은 개인 사유지 땅에 있던 철조망과 말뚝을 걷어내고, 군부대에서 10년 넘게 쓰레기 매립장으로 사용하던 곳의 수십만 톤이나 되는 쓰레기들을 치웠다. 그가 사진을 보여줬다. 쓰레기를 치운 땅은 폭탄을 맞아 생긴 것처럼 5~10m가량의 큰 구덩이가 우후죽순 파여 있었다. 여기다 바위 같은 큰 돌들과 흙을 넣어 빈 공간을 메웠다. 밤낮으로 덤프트럭들이 쉬지 않고 퉁탕거리며 드나들었다. 그렇게 매워진 땅 위에 비가 오거나 차가 지나가도 흙이 묻지 않도록 매끄럽게 마사토를 깔았다. 노후에 안정된 삶을 살기 위해서 전 재산을 쏟아부었고, 불모지였던 곳을 넓은 학교 운동장처럼 평평하게 공사해 사람이 살 수 있는 대지로 탈바꿈시킨 것이다. 그의 파란만장한 삶을 듣다 보니 영웅의 이야기를 듣는 것 같았다.

하지만 평평하게 완성된 넓은 대지를 보고 땅 주인의 가족들이 마음을 바꿔 먹었다. 약속을 저버리고 땅을 내놓으라며 소송을 걸었다. 땅 주인의 가족들은 최소한의 보상도 없이 나가라며 그를 수시로 괴롭히기 시작했다. 땅을 주겠다고 약속했던 땅 주인은 생활고에 시달리다 죽은 뒤였다. 그렇게 땅 주인의 증언은 사라졌고, 죽기 전 땅 주인이 써준 토지이용확인서 한 장만 남았다. 그는 평생을 배신과 상처를 갖고 살아왔는데 마지막이라 생각하고 모든 돈과 노력, 시간을 쏟아부은 보금자리마저 빼앗기고 말았다. 재판에서 패소하자, 그는 배신감과 절망으로 고개를 떨궜다.

부모가 만석지기라도 자식한테 한 푼도 물려주지도 않았고, 필요할 때 도움도 받지 못했다. 부모의 사랑과 관심도 제대로 받지 못했고, 벼랑에 던져진 사자 새끼처럼, 스스로 삶을 살아내야 했다. 게다가 평생 목발을 짚고 살아가야 하는 장애인이었다. 그러나 초등학교도 제대로 졸업하지 못한 사람이 우리나라 굴지의 신문사에 아이디어를 내서 성공했고, 군부대를 상대로 사유지를 되찾았다. 계속 새로운 아이디어를 짜내 많은 돈을 벌었다. 그러나 가족들과 형제들은 도움보다는 잿밥에 관심이 많았다. 모든 것을 일일이 혼자 다 꾸려나가야 하는 외로운 자수성가였다. 결국은 회사의 배신과 지주의 배신 등으로 모든 것을 하루아침에 잃었다.

아무리 똑똑하고 잘난 사람일지라도, 피나는 노력으로 평생 일구고 살아온 터전마저 인간의 배신이나 재해 등으로 송두리째 빼앗길 수 있다. 세상살이라는 것이 원래 내 마음대로, 뜻대로 되지 않는 것일까?

나 역시 하는 일마다 뜻대로 되지 않았고 힘들게 번 돈을 사기당하기도 하고, 이용당한 일도 많다. 나뿐만 아니라, 모든 사람들이 자신들이 생각하는 방향과 길로 나아가지 못한다. 큰 욕심 없이 안온한 삶을 살고 싶은 마음조차 뜻대로 되지 않는다.

세상 사람들 중 똑같은 삶을 살아가는 사람은 없다. 한 배 속에서 나온 쌍둥이도 삶이 똑같지가 않고, 지문 역시 전부 다르듯이 말이다. 그래서 인생에도 정답이 없다. 좋고 싫고, 나쁘고의 문제가 아니다. '삶이 주는 의미, 목적'이 있다. 우리는 결코 이 삶을 헛되이 생각하지 말고, 깨어나 그 의미를 생각해야 한다.

"지금의 삶이 전부가 아님을 깊이 깨닫게 되었다. 우리가 인간의 몸을 입고서 사는 지구 행성은 수많은 영혼이 오가는 학교다. 이곳에서 다양한 체험을 하면서 전생에 배우지 못한 지혜와 깨달음을 얻는다. 영혼에 따라 수천 번, 수만 번의 윤회를 통해 의식 성장, 영적 진보가 이루어진다. 우리가 거듭 환생하는 이유는 영혼의 완성을 위해서다."

《죽음 이후 사후세계의 비밀》, 김태광

지금 생애에 일어나는 일들만 봐서는 이해할 수 없는 일들이 많다. 그러나 전생 또는 사후세계가 있다는 것이 눈으로만 보이는 현실 세계의 불합리한 구조나 상황들을 이해할 수 있게 한다.

무엇보다 지금의 생을 전생에서 계획하고 시나리오를 만들고 각자의 역할과 배역까지 만들어 시뮬레이션까지 했다는 것이 놀라울 따름이다.

각자가 삶을 살면서 경험하고 체험을 통해 지혜와 깨달음을 얻고 이것은 우리의 의식을 상승시켜주고, 영적 성장을 이룬다. 모든 것이 영혼의 완성을 위해 우리가 계획한 시나리오인 것이다. 지금 우리의 삶이 성공하고, 부자가 되고, 출세하기 위한 목적이 되어서는 안 된다는 것을 다시 한번 느낀다. 이러한 것들이 나쁘다기보다는 삶을 살아가면서 실패와 고난을 극복한 사람에게 주어지는 선물로 받아들여야지, 그 선물만이 목적이 되어서는 안 된다고 생각한다. 과정을 생략하고, 목적만을 위해서 살지는 말아야겠다고 다짐한다.

각자가 지구 행성에서 지금 삶을 살면서 어떤 깨달음과 지혜를 얻은 것인지 삶을 되돌아봐야 할 때이다. 그렇지 않으면 똑같은 삶은 계속 반복될 것이고, 미움과 원망과 복수심으로 우리의 에고가 내 영혼을 더욱 위험에 빠뜨리게 된다. 깨어나야 하는 이유가 바로 이것 때문이라고 생각한다.

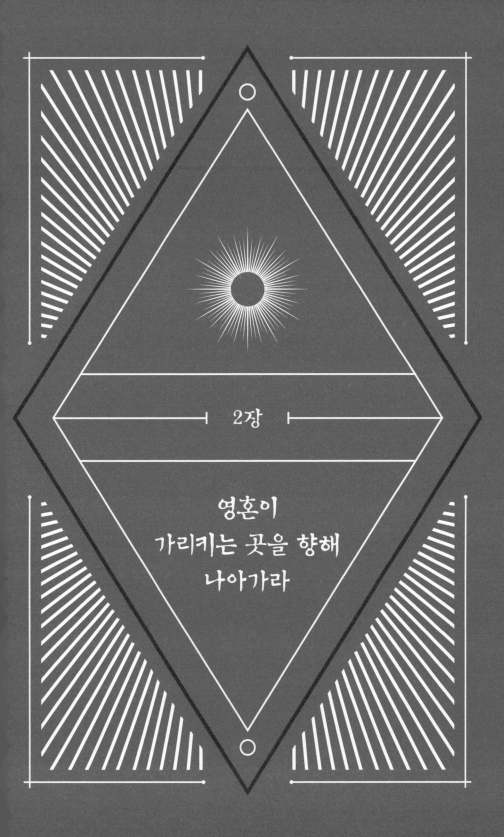

2장

영혼이
가리키는 곳을 향해
나아가라

욕심
놓아버리기

　병원에 가면 아픈 사람이 왜 이렇게 많은지 적잖이 놀란다. 접수 대기실에서 번호표를 뽑아 1시간 이상 기다려야 하고, 입원실이 없어서 대기해야 하는 실정이다. 뉴스를 봐도 연신 사건 사고가 끊이지 않는다. '하루만이라도 뉴스에서 사건 사고 소식이 없을 순 없나?'라고 생각하면, 피식 웃음이 나온다.

　내 인생도 사건 사고가 끊이지 않았다. 인생에서 가장 꽃피워야 할 시기인 사회 초년에 사기 결혼을 당했다. 급기야 인생 전체를 사기당한 느낌이었다. 은행에 근무했을 때의 일이다. 은행 손님이 내 명패를 보고 이름을 알았는지 자연스럽게 나에게 다가왔고, 나는 무엇에 홀린 듯 그 사람을 따라갔다. 자연스럽게 몇 번 데이트했다. 주로 고급스러운 호텔 커피숍에서 만났다. 친구들과 흔히 가는 커피숍과는 느낌이 사뭇 달랐다. 분위기에 취해서인지, 그 사람이 무엇을 말하든 진실인 것처럼 느껴졌다. 정확히는 그 사람의 말이 진실이기를 바랐을 것이다.

한번은 함께 노래방에 갔다. 지인이라며 남자들 둘이 동석했다. 그때 눈치챘어야 했다. 그들에게서 느껴지는 이상한 느낌을. 고깃집에서 식사 약속을 했을 때 약속 시간보다 조금 일찍 도착한 적이 있었다. 시간이 다 되어 금방 오겠지, 생각하고 밖에서 기다렸다. 그렇게 돈이 많은 것처럼 말했던 그 사람이 뚜벅이로 걸어오고 있는 모습을 보고, 순간 이상한 생각이 들었다. 그 사람 역시 나를 보고 당황한 기색이었다. 식당까지 걸어 온 것을 나에게 들켜서 놀란 것이리라. 내가 명확한 사람이었다면 그때라도 조심했어야 했다. 얼마 후 그는 교통사고로 합의금이 필요하다는 등 이런저런 핑계를 대며 돈을 요구했다. 돈을 빌려주지 않으면 이 사람과의 관계가 끝날 것이라는 두려움에 나는 가진 돈을 탈탈 털어서 1,000만 원을 해줬다.

이후 연락이 두절됐다. 핸드폰은 일명 대포폰이었다. 경찰서에 가봤지만, 돈을 받기 쉽지 않다는 것을 알았다. 더 놀라운 것은 나 같은 일을 당한 여성분들이 많다는 사실이었다. 내가 사기를 당하고 나니, 세상에 사기를 당한 사람들이 얼마나 많은지 알 수 있었다. 평생을 설거지를 하고 가구점에서 허드렛일을 한 한 여성이 있었다. 그녀의 손은 손톱이 갈라지고 손 마디마디가 굽어 있을 정도인데, 그렇게 평생 고생해서 번 돈을 작정하고 접근해온 남자에게 사기당했다. 곗돈 사기, 비트코인 사기, 주식 사기, 펀드 사기, 로또 당첨 번호 사기, 결혼 사기, 투자 사기 등 헤아릴 수 없을 만큼 사기 사건이 많다. 겉으로 드러나지 않은 크고 작은 사건까지 합하면 더 많을 것이다. 마치 대한민국이 사기 공화국처럼 느껴졌다. 게다가 사기를 당한 사람이 겪는 고통, 그의 가족들까지 앞으로 겪고 살아가야 할 고통에 비하면, 가해자의 형벌은 다른 중죄들보다 너무나 가볍다.

더 억울한 것은 당하는 사람만 바보가 된다는 것이다. 사기당한 것도 억울한데 주위의 따가운 시선과 눈치 때문에 아무한테 말하지 못하고, 속앓이해야 한다. 경찰도 해결해주지 않고 고소할 용기는 나지 않는다.

제대로 살기 위해서는 나를 사랑하고, 아끼고 지켜야 한다. 분명하지 않지만 어떤 느낌이 온다면, 지나치지 말아야 한다. 누군가가 나를 지켜주고 도와줄 것이라는 기대도 버려야 한다. 기대하는 순간 사기꾼과 같은 어둠들은 그 작은 빈틈과 약점을 노린다. 우주 멀리서도 그 틈이 보일 정도로 어둠은 귀신같이 냄새를 맡고 달려든다. 어둠에 그러한 틈을 주지 말아야 한다. 나의 정체성을 찾고, 부족한 것은 채우고 넘치는 것을 덜어내며, 내면에 있는 어둠을 제거하고, 성찰해야 한다.

외로움을 느끼면 우울해질 것이고, 가난에 대한 걱정, 미래에 대한 두려움은 가난과 두려움을 그대로 끌어당긴다. 바로 '끌어당김의 법칙'이다. 지금까지의 모든 삶이 결국 내가 전부 끌어온 것임을 뒤늦게 알게 됐다.

나에게는 여동생이 둘이 있는데, 바로 아래 여동생의 일이다. 동생은 딸 둘을 낳은 뒤 어느 날부터 우울증 때문에 힘들어했다. 이유를 물어보면 딱히 말하지는 않았지만, 힘들어하는 모습이 역력했다. "예쁜 딸이 둘이나 있고, 아파트에서 살고 있고, 남편과 같이 살지 않지만, 생활비를 주고 있고, 건강한데 무엇 때문에 힘드냐?"라고 물어봤지만, 대답이 없었다. 그러던 어느 날은 층간소음 때문에 힘들다며, 이사를 가야겠다고 여동생에게 전화가 왔다. "깡패라도 불러서 혼을 내주고 싶다"라고 말하기에 함께 관리실 소장을 만나서 사정 이야기를 했다. 하지만 문제는 간단하지 않아서 해결되지 않았다. 보다 못한 나는 "결혼도 누가 하라고 해서 한 것이 아니고, 너한테 딸을 둘 낳으라고 한 사람도 아무도 없었어. 무엇이 문제니?"라고 나무라며, 모든 것이 여동생이 선택한 일이라고 일러줬다.

누구나 스스로 두려움을 극복하고 일어나야 한다. 두려움은 작은 빈틈을 노리고, 그 작은 빈틈으로 시작되어 스스로를 무너뜨리게 만든다. 늘 깨어 있어야 하는 이유 중 하나다.

다음으로 30살 때 알게 된 남자와 13년 정도를 살았을 때의 일이다. 부끄럽지만 이 모든 것은 내가 끌어당긴 것이라고 생각한다. 내가 끌어당긴 것이 무엇인지 알기 위해 글을 쓰고 있는 것인지도 모른다. 넓게 보면 내가 창조한 모든 일이다. 지우고 싶다고 해서 없는 일이 될 수도 없다. 내가 할 수 있는 일은 앞으로의 발전과 성장만 생각하는 것이다. 되돌아보는 순간 돌로 굳어진다는 성경 말씀이 떠오른다.

내가 30살에 만난 남자는 장애인이었고, 생활 능력이 없었다. 처음 만났을 때부터 능력이 없었던 것은 아니다. 함께 살면서부터 생활 터전을 잃어버렸고, 막다른 길로 가게 됐다. 나라에서 주는 얼마 안 되는 기초 생계비조차도 본인의 담뱃값으로 쓰고 없었다. 그래서 따로 생활비 명목으로 돈을 받은 적이 한 번도 없었다. 막다른 길에 다다르자, 그는 나를 괴롭혔고, 협박했다. 나는 갈 곳이 없었고, 갈 수도 없었다. 생계를 유지할 수가 없어서 근처 오디오를 만드는 중소기업에서 아르바이트를 했다. 오전에 몇 시간만 하는 이 일로 겨우 연명했다.

그 남자는 앞으로는 운전과 영어, 컴퓨터가 필수인 시대라고 강조했다. 나는 그가 시키는 대로 가지고 있던 돈 전부를 털어 할부로 장애인용 LPG 승용차를 구입했다. 우리는 그 차를 타고 강원도 속초, 고성은 물론이고 동해 해안 도로들을 훑듯이 돌아다녔다. 말이 좋아서 드라이브지 나는 운전만 했고, 그 남자는 조수석에 앉아서 연신 담배를 피웠다. 방 안에 있을 때도 마찬가지였고, 하루에 4갑 이상을 피웠다. 막내딸이 죽은 이후에 화병이 나서 그렇다고 한다. 나는 꽤 오랜 시간이 흘러서야 간접흡연으로 인한 고통을 호소했다. 그제야 그는 차에서 담배 피는 것을 멈췄고, 안방 문을 닫고 베란다에서 담배를 태웠다. 그러나 불편한 동거는 계속됐다.

나는 다니던 직장을 그만둔 뒤 경력 단절로 인해 재취업할 수 있는 길을 찾지 못했다. 그 남자가 돈을 벌어 올 것이라는 희망도 없었다. 그는 눈을 부릅뜨고 화를 내기가 다반사였다. 급한 성격은 나를 항상 무섭게 했다. 공포와 협박 속에서 점점 살고 싶은 희망이 사라졌다. 하루는 약국에 가서 수면제를 달라고 했고, 한꺼번에 많은 양을 먹기도 했다. 그냥 잠들어서 죽어도 좋다고 생각했다.

그 남자의 논리는 이렇다. 그가 H 일보사에 있었을 때, 여비서가 임원급 남성을 유혹해 원하는 사업을 따냈고 큰돈을 벌었다는 것이다. 유흥 일을 해서라도 성공하는 사람이 있다는 등 여차자면 남자를 잘 다룰 줄 알아야 한다고 말했다. 지금 생각해도 얼토당토않는 논리를 그냥 듣고 있어야 했다. 나는 딸만 있는 집안에서 태어나 남자와 손만 잡으면 결혼해야 하는 줄 아는 사람이었다. 남자라고는 아버지 한 분밖에 몰랐다. 수줍고 내성적인 성격이었다. 차라리 현모양처라면 모르겠지만, 누구를 유혹하거나 리드한다는 것은 상상해 본 적도 없었다. 오히려 어처구니없고 부정한 생각이라고 치부했다.

강원도 정선에 강원랜드가 생겼을 때의 일이다. 그 남자는 호텔 카지노인 강원랜드가 정부의 허가를 받아 공식적으로 설립됐으니 가보자고 했다. 옛날에 호텔 파친코에서 있었던 일을 무용담 삼아 수차례 귀에 못이 박히도록 이야기했었던 사람이다. 나는 명절에 가족들끼리 모여서 재미 삼아 화투를 치는 것조차 흥미가 없을 만큼 도박에 관심이 전혀 없었다. 컴퓨터 게임도 잘 몰랐던 지라 그 먼 데까지 운전하고 갈 마음도 여유도 없었다.

하지만 남자의 기세에 거절할 수 없었다. 강원랜드에는 수십 개가 넘는 테이블이 있었지만, 인파로 발 디딜 틈이 없었다. 게임 테이블에 앉아 있는 사람 뒤를 이중 삼중으로 사람들이 에워싸고 있었다. 시끌벅적하고 웅성거리는 실내는 흡사 도박장 같은 분위기였다. 담배 연기 때문에 최루탄을 뿌려놓은 것처럼 실내가 뿌옇다. 눈이 매웠다. 마치 도깨비 시장터를 보는 것처럼 아수라장이 따로 없었다. 게임장이 아니라, 말 그대로 야바위 시장 같았다.

얼마 안 되는 돈마저 모두 잃고 차를 저당 잡혔다. 말려도 소용없었다. 시키는 대로 하지 않으면 윽박지르기 일쑤였고 막무가내였다. 당장 갈 곳도 밥 먹을 돈도 없었다. 기가 막혀서 눈앞이 캄캄했다. 말 그대로 오도 가도 못 하는 거지 신세나 다름없었다. 나는 발만 동동 구르고 있었다. 어찌할 줄을 몰랐다. 막막한 심정으로 근처 다방에 들어갔다. 벌써 다방 주인은 내 처지를 눈치채고 있었다. 가불을 받아 겨우 의식주를 해결했다.

　이후에도 이런 생활은 지속됐다. 생활 능력이 없는 그는 나에게 전혀 죄책감을 느끼지 않았다. 어쩔 수 없이 집 근처에서 알바를 해 근근이 생활을 이어가도 미안해하기는커녕 당당하게 잔소리를 퍼부었다. 이런 생활에 대해 고민하지 않은 것은 아니다. 하지만 그 사람이 예전처럼 총명하게 이 어려움을 헤쳐나가길 바랐다. 그 남자 말만 들으면 당장에 큰돈을 벌 수 있을 것 같은 희망에 찼다. 내 동생역시 그 남자의 이야기를 듣고 있으면, 금방 돈을 벌 것 같은 자신감과 희망이 생긴다고 말할 정도로 사람들을 설득하고, 홀리는 재주가있었다. 그만큼 언변이 좋은 사람이었다.

　그는 길에서 모르는 사람들하고도 1시간 이상을 이야기를 이어갈수 있었다. 자신의 과거지사에 있었던 성공 스토리를 시작으로, 이런저런 이야기를 더해 박학다식한 면모를 뽐내 이야기를 듣고 있는사람들을 혹하게 했다. 그러나 나는 속으로 외쳤다. '지금은 아니잖아, 과거는 다 흘러갔는데, 중요한 것은 현실이잖아', '왜 행동은 안하면서 말은 그럴듯하게 하지', 내가 비서라도 되는지 왜 모르는 사람들한테 내 이야기를 하는 건지'. 옆에서 우두커니 1시간 이상을기다리는 곤욕을 치러야 했고, 중간에 반박하기도, 듣고 있는 사람에게 뭐라고 하기도 참 난감했다.

이런 일은 다반사였다. 지나가는 사람, 장사하는 사람, 나이 든 사람이나 남녀 할 것 없이 한번 말을 시작하면 담배 반 갑 이상을 피우며 연신, 자신의 자랑부터, 타인의 삶까지 낱낱이 파헤치는 것 같았다. 이런 이야기를 매번 듣고 있는 내 끈기와 인내심이 대단하다는 생각이 들 정도였다. 정해진 운명인지, 아니면 떠밀려서 가고 있는 것인지 내 인생은 그렇게 어둠으로 가고 있었다.

강원도 알펜시아 스키장 근처 찻집에서 일하던 때의 일이다. 새벽 5시에 일어나서 밤 11시까지 일을 해야 하는 고단한 생활이었다. 게다가 영하 20도까지 내려가서 피부가 트고, 다리에 동상을 입었다. 잠을 잘 때면 외풍이 심해서 모자를 쓰고 자야 할 정도였다. 나는 돈을 벌어서 이 지옥을 탈출해야만 했다. 이제 더 이상 갈 곳도, 받아줄 곳도 없었다.

이 와중에도 그 남자는 강원도 속초에 싸게 나온 땅이 있다며 철물점을 하는 박 사장과 동업하자고 제안했다. 나는 돈을 벌어서 그 땅을 사게 되면 나중에 커피숍을 해도 되고, 땅값이 올라 팔 수 있으리라는 작은 희망을 품었다. 숨이 턱까지 차올라도 참아가며 돈을 버는 대로 그 남자에게 송금했다. 그런데 그는 내 허락도 없이 박 사장에게 송금한 돈을 다시 박 사장에게 달라고 해서 카지노 도박을 하고 있었다.

손발이 얼고, 피부가 터지는 것을 참으며 하루하루를 고단하게 살아가고 버티고 있는데, 나한테 어떻게 이럴 수가 있는지 기가 막혔다. 어떻게든 이 지옥을 벗어나 살아보려고 밑바닥 생활까지 참아가며 발버둥 쳤지만 희망은 없었다.

한번은 이런 일이 있었다. 적금 3,000만 원이 만기가 되어 찾으러 갔더니 담보로 대출을 받아서 찾아갈 돈이 없다는 것이다. 내가 번 돈은 항상 그 남자가 은행에 입금했었다. 나는 허둥지둥 집에 가서 물었더니 급하게 큰아들 사업 자금에 썼다는 말이 돌아왔다. 참을 수 없는 분노를 느꼈다.

나는 소리를 지르고 막 대들고 화를 내고 싶었지만, 죽기를 각오하고 덤비지 않는 한 이길 자신이 없었다. 두려웠다. 나약한 내 자신이 원망스러웠다. 무엇이 나를 두렵게 하는 것일까? 왜 죽기 살기로 싸워보지도 못하고 당하는 것일까? 이 족쇄를 끊고 도망갈 용기는 없는 것일까?

어느 날은 동네 건달들과 술을 먹고 와서는 파친코 사업을 하겠다고 했다. 1억 원을 투자해서 매달 2,000만 원을 벌 수 있다기에 이를 확인하기 위해 함께 수원으로 향했다. 혹시나 내 삶에도 빛이 들어올 수 있지 않을까 기대를 했다. 사실이기를 바랐다. 이 지긋지긋한 수렁에서 빠져나올 수 있을지 모른다는 희망이 앞섰다. 하지만 수원에 도착해서 만난 건달이라고 한 사람은 첫 만남에 인사도 없었다. 걸어가는 뒷모습이 내내 이상했다.

　사무실에 도착해 사업에 대한 설명을 들었다. 건달이 합법적인 것이라고 말하자, 그 남자는 만족하는 눈치였다. 마치 회장님이나 되는 것처럼 대우를 해주니 어깨가 으쓱한 모양이었다. 지금까지 생활비 한 푼 준 적도 없고, 나를 기만해서 맡겨놓은 돈처럼 내 돈을 가져다가 카지노에서 도박한 사람이다. 그런데 남들 앞에서는 마치 자신이 대단하고 부유한 사람처럼 행세를 했다. 나는 그런 한심한 상황들을 지켜볼 수밖에 없었다.

　그 남자는 신중에 신중을 기하며 꼼꼼히 체크하고 고민을 했다. 나는 마지막으로 믿어보기로 했다. 아니 믿고 싶었다. 그 당시 가지고 있는 전 재산이나 다름없는 현금 1억 원과 대출 1억 원을 받아서 총 2억 원을 투자했다. 그리고 게임장을 차리는 데 별도로 3,000만 원을 투자했다. 총 2억 3,000만 원의 돈을 건넸다. 투자금 명목이었다. 그런데 매달 2,000만 원씩 수익금을 주겠다는 약속은 지켜지지 않았다.

　사기를 당했다고 분개하는 그 남자의 행동과 말에서 왠지 쇼하는 느낌을 받았다. 짜고 치는 고스톱처럼 잘 짜인 각본에 의해 나는 그들 손아귀에 놀아난 것이다. 그 뒤로 그는 원래 살던 곳으로 돌아갔다. 10년이 넘는 그 남자와의 질긴 인연이 끊어졌다. 혼자가 된 나는 자유를 마냥 즐거워할 수가 없었다. 앞으로 어떻게 살아야 할지 막막했다.

한참 꽃 피워야 할 30대를 그렇게 늪에서 허우적거리며 질곡의 세월을 보냈다. 누구를 탓할 수도, 원망할 수도 없다. 그동안 힘들 때마다 어니스트 헤밍웨이(Ernest Miller Hemingway)의 《누구를 위하여 종은 울리나》를 수없이 되뇌며 살았다. 그동안 누구를 위한 삶을 살아온 것인가? 누군가에 기대서 그 사람으로부터 행복을 찾을 수 있다는 착각, 욕심이 내 스스로 족쇄를 차게 한 것이다.

진정한 나 자신을 알지도 못하고, 알려고 하지 않았다. 그런 상태에서 부족한 것을 남을 통해서 채우려 했다. 남이 나를 행복하게 해줄 것이라고 기대했다. 그것이 욕심이었다. 스스로 독립하려는 마음보다 기대고자 하는 심리가 더 컸다. 단순히 물질적인 것뿐만 아니라, 정신적인 독립도 마찬가지다. 이런 세월을 통해 '진정으로 나를 사랑하지 않는 사람은 남도 나를 사랑하지 않는다. 그리고 나를 지키지 못한 사람은 남도 나를 지켜주지 못한다'는 것을 깨달았다.

무소의
뿔

'자식은 부모를 닮는다'라는 말이 있는 것처럼 나 또한 아버지를 닮아서인지 말수가 적고 조용했다. 혈액형이 A형인 사람이 보통 내성적이라고 하는데, 나는 혈액형이 B형인데도, 학교생활기록부를 보면 '조용하다', '내성적이다', '말수가 적다'라는 말밖에 없었다. 집안에서도 부모님은 일하기에 바쁘셨고, 자매들 간에 대화하고 지내는 일도 거의 없었다.

어렸을 적 가족과의 추억은 초등학교 때 엄마랑 아버지, 동생 둘하고 다섯 명이서 계곡으로 놀러 간 것이 전부다. 종이 박스에 여러 가지 과자를 쏟아붓고 둘러앉아 먹고 있는 모습을 아버지가 사진으로 남겼다. 그리고 유일하게 독사진을 찍었다. 계곡에서 조금 떨어진 곳에서 사진 찍는 아버지를 올려다보고 있는 모습인데, 검은색 단발머리에 차렷 자세로 있는 모습이 무뚝뚝해 보였다. 사진을 처음

찍는 것이어서 포즈를 어떻게 해야 할지 몰라 긴장한 모습이었다. 어렸을 때 기억 중 유독 그 당시의 기억과 느낌만은 선명하다. 유일한 부모님과의 추억이라서 그런 것일까?

아버지가 회사에서 보너스로 계몽사의 빨간책 표지의 동화 전집 50권을 가져오셨다. 나는 뛸 듯이 기뻤다. 교과서 이 외에 동화책은 처음이었다. 밥을 먹을 때도 책을 손에서 놓지 않았다. 《그리스 신화》, 《플란다스의 개》, 《알프스 소녀 하이디》 등을 읽으며 상상과 꿈의 나래를 펼쳤다. 행복했다. 처음으로 상상이라는 것을 해봤다. 책에 나오는 내용이 그림처럼 머릿속에 그려졌다. 시간을 초월해 동화책 속 시대로 넘어가서 주인공과 하나가 됐다. 책을 읽으며 혼자 울고 감동받으며 너무나 즐거웠다. 두 세권의 책은 읽다가 너무 슬퍼서 포기하기도 했다. 지금도 그때를 생각하면 행복하다. 아버지에게 가장 감사한 추억이다.

아버지에 대한 좋은 기억만 있는 것은 아니다. 아버지가 나랑 동생들을 목욕시킨다고 목욕탕이 아닌 산속 개울가로 데려간 적이 있었다. 어렸을 적이라 영문도 모르고 따라갔다. 차가운 계곡 웅덩이에 강제로 들어가다시피 해서 너무 놀랐다. 어떤 설명도 없이 물 속에 풍덩 빠진 뒤로 물에 대한 공포가 생겼고, 특히 계곡 같은 곳에 놀러 가면 낮은 폭포라도 근처만 가면 트라우마 때문에 무섭다. 계곡은 나에게 좋은 추억도 줬지만, 안 좋은 추억도 함께 있는 곳이다.

초등학교 2학년 때쯤 등굣길에 걸어가다가 돌부리에 걸려 넘어진 적이 있다. 옛날 길은 돌들이 군데군데 박혀 있는 비포장이어서 넘어지기가 쉽다. 나는 넘어지자마자 누가 볼까 싶어서 곧바로 일어나 아무렇지 않은 척 걸어갔다. 보통의 아이들 같으면 울거나, '아프다' 소리라도 할 텐데 왼쪽 무릎에 피가 철철 흘렀고 나중에는 고름이 나면서 옷이랑 상처가 달라붙은 상태로 학교에 다녔다. 나는 울어도 소용없음을, 넘어져도 누가 일으켜줄 사람이 없다는 것을 스스로 알았던 것 같다.

어쩌면 나는 내가 스스로 살아가야만 한다는 것을 일찍부터 느낀 것 같다. 고단했을 부모님의 서울살이를 알기에 내가 선택한 인생의 길을 묵묵히 가야 한다는 것을 내 영혼은 알고 있었던 것일까. 혼자서 힘들 때마다 20대부터 '무소의 뿔처럼 혼자서 가라'라는 말을 되내고는 했던 기억이 난다.

초등학교와 중학교 시절은 무난히 지나간 것 같다. 고등학교는 집안 형편 때문에 실업계를 선택했다. 중학교 같은 반 친구가 장학금을 준다는 고등학교를 택한 것을 보고 같은 실업계 고등학교를 지원했다. 첫해는 장학금을 받고 입학했다. 그 뒤로는 장학금을 받지 못했다. 환경 탓을 한 적은 단 한 번도 없었으나, 지금 생각해보니 아무리 노력해도 안 되는 것이 있었다.

진학한 고등학교는 집에서 버스를 두 번 갈아타고 가야 해서 하루에 왕복 4개의 버스 토큰이 필요했다. 교통비를 다 못 받은 날에는 버스를 한 번만 타고 나머지 500m 정도를 걸어가야 했다. 책가방은 어찌나 무거운지 몸이 왼쪽으로 쏠린 채 걸어 다닌 것 같다. 게다가 아침에 아홉 식구가 먹어야 할 밥은 항시 부족했다. 도시락까지 싸야 했기 때문에 밥이 없을 때가 태반이었다. 아침은 거의 못 먹고 나오기 일쑤였다. 도시락도 제대로 싸본 적이 없었다. 그나마 찬밥에 김치라도 싸갈 수 있었던 날은 고등학교 다니는 3년 동안 손가락에 꼽을 정도다. 오전 수업이 끝나고 점심 시간이 되어서 종소리가 울리면 불안했다. 즐겁고 기다려지는 식사 시간을 알리는 종소리가 나에게는 공포의 종소리로 느껴졌다.

도시락을 못 싸 온 부끄러움과 자리를 얼른 피해야 하는 수치스러움, 이와 함께 엄습해오는 불안감이 힘들었다. 수천 명의 학생들이 교실에서 밥을 먹고 있을 동안, 넓은 운동장을 바라보며 혼자서 덩그러니 벤치에 앉아서 점심 시간이 빨리 끝나기를 바라고 있었다. 개미 한 마리도 없는 운동장, 지나가는 사람이 한 명도 없어서 다행이라고 생각했다.

공포처럼 느껴지는 점심 시간이 빨리 끝나기만을 기다렸다. 배고픔도 아니고, 슬픔도 아니다. 무언가 옥죄어오는 듯한 답답한 불안감 같은 것이다. 또한 등록금도 제때 납부해본 적이 없어서 계속 이름이 불렸다. 등록금을 내지 못하는 것보다 배고픔보다 수치스러움이 나를 더 힘들게 했다.

단지, 가난하다는 것만으로 무관심의 대상이고 되고, 그들과는 상관없는 존재가 된다.

체육 시간에는 아침과 점심을 거른 터라 도저히 운동할 기운마저 없어서 선생님께는 생리를 한다고 거짓말하고 교실에 혼자 있었다. 수업을 마치고 집에 돌아와도 마찬가지였다. 집에는 찬밥이 조금 남은 것이 전부였다. 배고픔을 이기고 공부를 하려 해도 눈에 들어오지 않았다. 게다가 다음 날 당장 시험인데 쌀쌀맞은 셋째 언니는 불을 켜놓으면 잠을 못 잔다며 아랑곳하지 않고 불을 꺼버렸다. 내가 유일하게 할 수 있는 것은 공부밖에 없었다. 그것이 최선이었다. 하지만 모든 것이 최악이었다.

고 3이 되자 취업 시즌이 됐다. 그동안 학원에 다니면서 자격증을 죽어라 취득해놨다. 배고픔을 이기며 중간 이상의 성적을 유지해 다행히 담임선생님의 추천을 받았다. 같은 반 친구들은 담임선생님이 추천을 해주고 싶어도, 추천해줄 만한 성적과 자격증도 없으면서 여러 번 추천받은 나를 시기했다. 나 때문에 추천을 못 받은 것이 아니라, 스스로 자격이 되지 않아서 추천을 못 해준다는 사실을 알면서도 말이다. 나는 친구에게 치마와 블라우스를 빌려 입고 면접을 보러 가야 했기에 친구들의 시기, 질투를 참아야만 했다.

대기업 여러 군데에 면접을 봤다. 그리고 그해 겨울, 금융권에 취업하게 됐다. 뛸 듯이 기쁘고, 감사함을 느꼈다. 부푼 기대를 안고 근무를 시작했다. 나는 여자로서 최초 지점장이 되겠다는 부푼 꿈과 포부를 가졌다. 성공하겠다는 열망이 일었다.

하지만 현실은 정반대였다. 신입이라 국고 업무를 담당했는데, 공과금 고지서를 마감해서 빨리 넘겨야 했다. 마음도 급하고 정신없는 가운데 서랍 문 전체가 열려 있어서 어수선했다. 옆에는 ROTC 출신의 남자 직원이 보조로 도와주고 있었다. 나는 그 직원에게 '서랍을 좀 닫아달라'라고 부탁했다. 그런데 남자 직원은 '서랍 좀 닫아달라'는 말이 자신에게 일을 시킨 것이라며, 자존심 상해했다. 나이 먹은 여직원이 나를 불러 야단을 쳤다. 나는 너무 야속하고 억울해서 하염없이 눈물이 흘렸다. 이렇게 세상이 각박하고 메마른 것인가? 야간 대학에 가고 싶어서 일을 다 마치고 퇴근하고 입시학원에 가려고 해도 '감히 신입이 먼저 퇴근한다'는 이유로 직장 상사에게 야단을 맞았다. 가슴에 비수가 꽂힌 것 같았다. 학교에서 배웠던 사회와 완전히 달랐다. 학교는 그냥 기본적인 과정일 뿐이었다.

사회는 권위적이고 고리타분했다. 한 명도 나를 이해해주는 사람이 없었다. 과연 이런 곳에서 내가 발전하며 성장할 수 있을까? 현실에서 맞닥뜨린 사회는 내 꿈과 기대를 한순간에 무너뜨렸다.

한 여직원이 결혼하고 나서 임신을 했다. 임산부용 원피스를 입고 일하는 모습을 보니, 살림하면서 아이도 양육하고, 남편 뒷바라지에 직장까지 다녀야 할텐데, 힘들겠다는 생각이 들었고, 남 일 같지 않게 느껴졌다. 나는 과연 저렇게 할 수 있을까? 결혼과 직장 생활을 같이 할 수밖에 없는 고단한 삶이 안타깝게 느껴졌다.

슈퍼우먼처럼 살 자신이 없었다. 임신 중에도 일을 하는 모습이 나의 미래를 보는 것 같아 씁쓸했다. 결국 돈의 굴레에서 벗어나지 못하는 캄캄한 앞날을 보는 것 같았다.

결혼에 대한 로망이 사라지기 시작했다. 인생이라는 것이 내 의지나 노력과 상관없이 거대한 시스템의 부속품으로 전락한 것 같았다. 가난했던 집안 환경을 극복하고 부모님보다 더 나은 삶을 살 수 있고, 성공할 수 있으리라는 것은 착각이었다. 그저 사회라는 환경에서 부속품으로 살다가 언젠가 역할이 끝나면 초라한 나로 되돌아와야 한다고 생각하니 가슴이 답답했다. 아무것도 보이지 않는 칠흑 같은 암흑 속을 걸어가는 것 같았다. 어디가 늪이고, 낭떠러지인지 알 수가 없었다. 힘들 때마다 푸시킨(Aleksandr Sergeevich Pushkin)의 시를 자주 떠올렸다.

삶이 그대를 속일지라도

– 푸시킨 –

삶이 그대를 속일지라도

슬퍼하거나 노여워하지 말라.

슬픈 날은 참고 견디라.

즐거운 날은 오고야 말리니.

마음은 미래를 바라느니

현재는 한없이 우울한 것

모든 것 하염없이 사라지나

지나가 버린 것 그리움이 되리니

　결국 이 모든 환경에서 벗어나는 길은 유일하게 '돈'이라고 생각
했다. 돈의 굴레에서 벗어나서 자유롭게 원하는 삶을 살고 싶다는
욕망이 강렬하게 올라왔다. 얼마 후에 나는 직장을 그만뒀다. 무엇
인지 모르는 막연함 속에서도 내 영혼이 자유로운 삶을 살기 위해서
답을 찾고 싶었다. 돈, 돈을 생각하며 '무소의 뿔처럼 혼자서 가라'라
는 말을 또 되뇌었다.

시련은 영혼의
밑거름이 된다

아버지는 강원도 원주 신림에서 태어나셨다. 어릴 적 기억에 아버지는 조용하시고 말씀이 없으셨다. 아버지와 대화를 해본 기억이 거의 없다. 그래서인지 존재감을 느낄 수 없었다. 아버지를 보면 내가 아버지를 참 많이도 닮았다는 생각이 들었다.

아버지를 보는 사람들은 아버지가 법 없이 살 분이라고 하셨다. 말과 행동이 반듯하셨고 인상이 선하셨다. 부지런하고 성실해서 주어진 일을 묵묵히 하는 스타일이었다. 아버지 같은 분은 현실적으로 약삭빠르고 독하지 못해서 돈을 벌고 성공할 수 있는 사람은 아니었다.

나중에 알았지만, 아버지는 초등학교도 제대로 나오지 않으셨다. 모질게 남을 이용해서라도 돈을 버는 것과는 거리가 먼 분이셨다. 엄마는 19살에 강원도 산골로 시집을 와서 큰딸을 임신했을 때 아버지는 군 입대를 하셨다고 한다. 시아버지가 생활비를 줄 수 있는 형편이 안 되는 빈농이셨다. 겨울에 먹을 것을 구하러 산속을 걷다가 가슴 깊이 쌓인 눈 속에 파묻히고 구르며 고생한 일을 들었을 때 눈물이 핑 돌았다.

엄마는 강원도에서는 도저히 농사짓고 살 수 없어서 바닷가 동네로 넘어왔다. 큰 어선 사장님의 어린 아기를 봐주면서 생활했는데, 그분의 도움으로 아버지는 서울에서 회사를 다니게 됐다. 엄마는 말이 회사지, 박복한 월급으로는 타향에서 일곱 명의 자식들을 데리고 살 수 없다며, 슈퍼를 열었다. 새벽부터 두부와 어묵을 떼어와 팔면서 근근이 살아갔다.

나는 일곱 자매 중에서 다섯째로 태어났다. 자매들이 연년생이라 그런지 고만고만했다. 큰언니가 셋째 언니를 봐주고, 둘째 언니가 넷째 언니 기저귀를 갈고, 포대기에 업고 다녔다. 한참 부모에게 사랑받고 뛰어놀아야 할 어린 나이에 어린아이가 아기를 돌보고, 집안일까지 해야만 했다. 힘들었던 옛날 일을 떠올리며 언니들이 엄마에게 '애를 셋만 낳지, 뭣 하러 많이 낳아서 고생하느냐'라는 소리를 가끔 했던 기억이 난다.

큰언니는 장녀라는 타이틀 때문에 아버지와 엄마의 구박과 설움을 많이 받았다. 엄마의 빈 역할을 대신해야 했다. 학교 갔다가 집에 오면 엄마의 사랑과 손길이 아닌, 온갖 궂은일과 잔소리가 기다렸다. 고등학교를 졸업하자마자 큰언니는 집을 나갔고, 둘째 언니가 장녀 역할을 하며 동생들 밥 챙기는 것부터 고생을 많이 했다. 나라면 과연 언니들처럼 할 수 있었을지 생각하면 손사래 치게 된다. 나중에야 알았지만, 큰언니가 힘들었던 것은 더 있었다. "밥이라도 먹을 수 있게 해주고 부려 먹었으면 집을 나올 정도는 아니었다"라고 말했다. 부모님은 부모님대로, 일곱 자매는 자매대로 어렸을 때 기억은 '배고픔'이 전부였다.

엄마는 무능한 아버지를 만나 평생 자식 일곱을 먹여살리느라 고생만 했다고 한탄한다. 평생 아버지를 원망하셨다. 이렇게 고생한 것은 모두 아버지 탓이라고 했다. 자식 일곱을 먹여살리려 해도 돈이 없으니 막막했던 것이다. 한번은 아버지가 너무 힘들어서 '애들을 학교에 그만 보내자'라고 했을 정도였다고 한다. 그래도 고등학교는 보내야 한다며 엄마가 결사반대하셨다고 한다. 엄마는 그 시절 고등학교라도 보낸 것에 뿌듯해하셨다. 그 사실을 듣게 된 나도 엄마에게 감사했다.

아버지는 회사를 그만두게 됐고, 퇴직 후 오토바이 대리점을 열었다. 하지만 일은 일대로 하고 동업한 사람에게 돈은 제대로 받지 못하고 이용만 당했다. 이후에 청계천에서 품삯을 받으며 리어카를 끌고 짐을 나르는 일을 하셨다.

하루는 바로 아래 동생이 아버지 일하시는 곳을 찾아갔는데 아버지가 누군가에게 맞는 것을 보고 왔다고 했다. 피가 거꾸로 솟는 느낌을 받았다. 자식으로서 부모가 누군가에게 폭행을 당하는 것을 보는 것은 가슴 아픈 일이다.

엄마도 생계를 위해 족발을 파는 노점 포장마차를 차렸다. 엄마는 깔끔한 성격이어서 다른 포장마차에 비해 보기가 좋았다. 그런데 주변 상인들이 엄마를 시샘하고 고발해서, 포장마차를 못 하게 부수는 것을 동생이 목격했다.

가난한 사람은 가난한 사람들끼리 시기하고 서로를 못 살게 하고, 있는 사람은 더욱 가지려고 없는 자를 이용하기도 하고 착취한다. 좀 더 강하고 힘 있는 사람만이 살아남는 동물의 세계임이 분명하다. 우리에게 화합과 사랑과 수용이라는 선함이 없는 것일까? 돈 보다 사람이 더 무서운 세상이라는 것을 이때 배웠다.

이제 아버지는 89세로, 연로하신 데다가 폐 기저 질환이 있다. 게다가 엄마하고 매일 다투며 스트레스를 받자 치매 초기 증세가 왔다. 엄마하고는 떨어져서 요양원에 계신다. 엄마도 50세쯤 뇌출혈 증세가 와서 병원에 입원하셨지만, 회복이 다 되지 않아 장애인 등급을 받고 현재까지 요양사의 도움을 받아 생활하신다. 엄마는 몸만 불편하시지, 정신은 또랑또랑하시고 말씀도 잘하신다.

아버지께서 요양원에서 회상 활동 중 하나로, '나의 삶 돌아보기 프로그램'을 한 적이 있다. 아버지께서 본인 이름을 적으시고, 질문의 빈칸마다 또박또박 적으신 내용을 읽고, 가슴이 먹먹해져왔다. 눈물이 앞을 가렸다. 초등학교 중퇴가 전부였던 아버지. 아버지는 청소년기를 회상하며, 가장 기억에 남는 사건으로 '굶주림'을 꼽았다. 청년기 때 소대 생활을 하다가 첫 취업을 한 것이 '37세'의 늦은 나이였다는 것도 알게 됐다. '자녀는 나에게 어떤 존재인지, 어떤 관계를 유지하고 있는지'라는 질문에는 '울타리'라고 적으셨다. 아버지는 생의 마지막을 딸들에게 의지하고 싶으셨던 것 같다.

가끔 아버지는 나한테 전화해서 필요한 것을 말씀하셨다. 나는 곧바로 인터넷으로 주문해 보내드렸다. 별것 아닌 일이지만 아버지는 내심 흐뭇해하셨다. 어느 집안이든 들여다보면 가슴 아픈 사연이 하나둘씩 있기 마련이다. 곪아 터져도 누군가에게 말 못 할 일들이다. 나는 책 쓰기를 통해서 전부는 아니어도 속 시원히 털어놓을 수 있어서 감사하게 생각한다.

가난이 주는 괴로움과 고통, 슬픔을 충분히 겪고 살아왔다. 가족이 단란하게 배곯지 않고 행복하게 따뜻하게 사는 삶을 항상 꿈꿨다. 작은 집이라도 우리 집에서 아홉 식구가 단란하게 모여 식사를 하고 편안하게 잠자는 상상을 하곤 했었다.

가난은 죄가 분명하다. 그것도 대물림되는 지독한 전염병이다.

모든 사람들이 분명 열심히 살고 있지만 돈은 어딘가 한 곳으로 흘러가서 모인다. 특정인들의 전유물이라는 생각이 든다. 자본주의 경제 시스템에서 빈익빈 부익부는 갈수록 심해져만 간다. 왜일까?

엄마는 나를 임신한 상태에서 청량리에 계를 하러 다녔다. 한번은 빨간색 고무 다라이(대야)를 준다고 해서 받으러 나갔다가 버스에 치여 도랑 아래로 굴렀다. 다행히 엄마와 배 속에 있던 나는 살았다. 하지만 불행은 계속됐다. 그날 아버지는 출근하시고 엄마는 가게를 비워 아기를 업은 둘째 언니 혼자 가게를 지키고 있었다. 그런데 아버지가 마지막 남은 강원도 땅을 팔아서 만든 현금이 도둑맞았다. 현금을 장롱 이불 사이에 숨겨놓았는데 도둑이 훔쳐간 것이다. 지금 돈으로 2층 집을 살 수 있는 큰돈이었다. 집안은 발칵 뒤집혔다. 결국 도둑은 잡지 못했다.

이런 난리 속에 엄마는 새벽에 갑자기 진통이 왔다. 같은 동네에 사는 택시 기사를 깨워서 청량리 위생병원으로 향했다. 병원에 도착하기도 전에 택시 안에서 내가 태어났다. 택시에서 아이가 태어나면 길조라고 들은 기억이 나지만 시트가 붉은 피로 얼룩졌을 텐데 택시 기사는 싫은 내색 없이 미역을 사 들고 왔다고 한다. 고마운 일이었다. 그 당시 엄마는 하혈이 심해서 생사가 위급했다. 나는 태어나자마자 엄마의 품에 안긴 것이 아니라, 병실 한구석에 내팽개쳐져 있다시피 됐다. 아버지는 사흘 밤낮을 병실 밖에서 먹지도 제대로 자지도 못하고 엄마를 지키셨고, 엄마는 엄마대로 고통의 시간을 보냈다.

내가 엄마 배 속에 있을 때, 엄마는 교통사고를 당했고, 집안에 도둑이 들어 전 재산을 잃었고, 급기야 나를 낳다가 엄마의 생명이 위급해졌었다는 이야기를 나중에 듣고, 부모님께 너무나 죄송스러웠다. 둘째 언니는 내가 태어난 이후 집안이 평화로웠다고만 말해줘서 이러한 일을 부모님이 겪으신 것을 나중에 알게 된 후 충격을 받았다.

우리 집안의 흑역사를 남에게 말한다는 것은 용기가 있어서가 아니다. 가난이 대물림되듯이 내가 살아오면서 가슴 아프고 괴로웠던 일들을 숨기고 산다고 해서 끝나는 것이 아니다. 그것은 고스란히 나의 의식 속에 켜켜이 쌓여서 걸림돌이 된다.

겉으로 멀쩡해 보여도 꺼내놓고 재해석하지 않으면 상처나 아픔 같은 쓰레기들을 치우지 않고 덮어두는 것과 같다. 얼굴만 감추면 된다고 생각하고 몸통은 그대로 보이는 것과 같다.

헤르만 헤세(Hermann Karl Hesse)의 작품 《데미안》에는 "새는 알을 깨고 나온다. 알은 곧 세계다. 태어나고자 하는 자는 하나의 세계를 파괴하지 않으면 안 된다"라는 구절이 나온다. 시련은 새의 알과 같다. 알에서 새가 되기 위해서는 힘들고 고통스럽더라도 단단한 알을 깨고 나와야 한다.

부모님의 가난은 대물림됐을지 몰라도 어려운 환경에서 나는 강해졌다. 누구에게 의지할 수 없다는 마음이 스스로 독립심을 가지게 했다. 누구의 간섭 없이 스스로의 인생을 개척할 수 있다는 자유로움과 강한 정신력을 유산으로 물려받았다. 살면서 부모님을 한 번도 원망한 적도 없다. 강한 정신력을 갖게 해주신 것에 감사하게 생각한다.

깨달음의
시그널(의식지수)

우리는 깨달음, 또는 깨어남에 대해서 자신과는 전혀 상관없는 동떨어진 것이라고 생각한다. '먹고살기도 바쁜데 귀신 씨나락 까먹는 소리'라고 무시해버린다. 태양계 행성으로 인공위성과 로켓을 쏘아 올리는 현대 문명에서 고리타분한 것으로 치부한다. 2000년 전의 예수님이나 석가모니, 공자, 노자 등 영성이 뛰어나신 분들만의 전유물이라고 생각한다. 과연 그럴 것인가? 이는 대단한 착각이다.

한 공간에서 내가 눈으로 보는 사물들만이 존재하고, 내 뒤에 보이지 않는 사물들은 보이지 않으니 존재하지 않는 것일까? 아니다. 깜깜한 밤에는 아무것도 안 보이던 것도 낮이 되면 환하게 보이는 것처럼, 비(非)물질의 세계는 보이지 않아도 존재한다. 이처럼 안 보이는 비물질의 세계인 '의식의 세계'를 깨닫는 것이 첫걸음이다. 현실은 곧 의식이 반영되어 나타나는 것이다. 의식이 현실에 앞서서 주인이 되어야 한다.

    살면서 눈에 보이는 것, 즉 물질적인 것이 전부라고 생각했다.

    현실의 울타리 안에서 물질적인 것에 치중하며 인생의 목표를 더 많은 물질을 얻는 것으로 삼았다. 그로 인한 안락함과 편안함, 안위만을 추구해왔다. 누가 더 좋은 옷을 입고, 좋은 가방과 신발을 갖췄는지, 어디 아파트에 살고, 평수는 몇 평인지 등 쉴 새 없이 스캔하며 사는 것이 일상이 됐다. 나보다 더 부유한 사람들만을 올려다보고 더 채우기 위해서 앞만 보고 달렸다. 그럼에도 늘 허전하고 만족할 줄 모르고, 감사할 줄 몰랐다. 시간이 흐를수록 에고만 더 쌓여갔다.

    20살 때 호기심에 동네 철학관에 가서 처음 사주를 보게 됐다. 태어난 연, 월, 일, 시만을 보고 사람의 과거를 맞추고 미래를 예측한다는 것이 신기했다. 나도 남의 사주를 볼 수 있으면 좋겠다고 생각해서 퇴근하고 1시간씩 사주를 배우기까지 했다. 호기심으로 시작했지만, 예상했던 것과는 달리 육십갑자 등 무조건 달달 외어야 할 것들이 너무나 많았다. 서서히 지쳐가면서 흥미를 잃고 흐지부지하게 됐다.

    그리고 2020년 코로나 팬데믹으로, 활동이 줄고 집에서 있는 시간이 많아졌다. 앞으로 내 직업을 위해서 무엇인가를 배워야 한다는 생각이 들었다. 자기 계발서와 교양 서적을 보다가 눈에 들어온 것은 명리(역학) 서적이었고, 다시 배우고 싶다는 열정이 생겼다. 더욱이 마음공부까지 함께 수업이 진행된다고 하니 뛸 듯이 기뻤다. 내 DNA가 일반적인 기준과는 좀 달라서일까? 마음공부라든지 의식 성장이나 영적 성장에 특히 관심이 많다. 마음공부까지 배울 수 있다고 생각하니 가슴이 두근거렸다.

수업이 시작됐다. 처음에는 강의실에서 수업을 하다가 집합금지 때문에 화상 회의 프로그램인 줌으로 수업하게 됐다. 선생님은《의식혁명》의 저자인 데이비드 홉킨스(David. Ramon Hawkins) 박사님의 '의식지수'를 개개인마다 매 수업시간에 체크해주셨다. 홉킨스 박사는 사람들의 의식 수준을 여러 단계로 분류했다. 각각의 단계별로 특정한 감정, 생각, 그리고 행동 패턴을 반영한다. 이 수준들은 저 에너지 상태에서 고 에너지 상태로 진행되며, 사람의 생각과 행동에 큰 영향을 미치게 된다. 이 수치는 의식의 진행 정도나 에너지 수준을 나타낸다. 다음은 그의 의식 수준의 주요 단계와 그에 해당하는 수치다.

- 죄책감(20) : 깊은 죄책감을 느끼며, 이로 인해 스스로를 해치거나 파괴적인 행동을 할 수 있다.
- 무관심(50) : 무관심과 회피, 부정적인 마음의 상태가 지배적이다. 변화나 성장에 대한 동기부여가 부족하다.
- 두려움(100) : 불안과 걱정이 지배적이다. 일상생활에서도 계속해서 위험과

위협을 느낄 수 있다.

- 욕망(125) : 물질적인 것이나 성공, 인정 등을 강하게 원하게 된다. 또한, 중독이나 집착이 이 단계에서 발생할 수 있다.

- 화(150) : 분노와 적대감이 지배적이다. 충돌과 대립을 일으키며, 주변과의 관계에서도 문제를 초래할 수 있다.

- 용기(200) : 여기서부터 긍정적인 의식의 시작이다. 도전과 변화에 대한 용기와 자신감이 생기기 시작한다.

- 중립성(250) : 판단에서 자유롭고, 더 이상 사람이나 상황을 비난하거나 비판하지 않는다. 객관적이고, 균형 잡힌 시각을 가지게 된다.

- 의지(310) : 목표와 방향성이 뚜렷해지며, 의지력이 강해진다. 자기 주도적으로 행동하게 된다.

- 인내(350) : 타인과의 관계에서 인내와 화합의 태도를 보이며, 상황에 대한 깊은 이해와 통찰력을 가지게 된다.

- 수용(400) : 다양한 사람이나 상황을 그대로 받아들이며, 부정적인 판단이나 저항 없이 삶을 즐기게 된다.

- 이해(500) : 깊은 통찰력과 지혜를 얻게 되며, 사람들 사이에서 선생님 또는 지도자로서의 역할을 하게 된다.

대부분의 사람들의 의식지수는 200 이하다. 자신의 에고로부터 자유로워지고 사랑의 감정이 지배적으로 되기 위해서는 500이 되어야 한다. 의식지수가 1,000인 분으로는 예수님이 계신다. 500 정도면 의식이 깨어난 상태이고, 700 정도가 되면 흔들리지 않고 완벽하게 신성회복이 된 것이다.

선생님은 490~500 사이가 넘어가기 힘든 고비라고 말씀해주셨다. 우리 제자반은 500을 목표로 시작했다. 난 내가 처음 시작할 때 최소한 200지수 정도는 넘을 것이라고 생각했다. 다른 제자들은 대부분 200이 넘었고, 300인 제자도 있었다. 그에 비해 선생님이 체크해주신 나의 첫 의식지수는 167이었다.

더 분발해야겠다고 마음을 먹었지만 마음공부도 처음인데다, 의식이 무엇인지, 의식지수는 어떻게 해야 올릴 수 있는지 도무지 감을 잡을 수가 없었다. 마음을 착하고 선하게 먹으면 되는 것인지, 아이큐가 높고 머리가 좋아야 하는 것인지. 하지만 지위, 부와 권력, 지식은 전혀 상관이 없었다.

"의식지수는 신성을 깨우고, 자신의 본성을 아는 것을 수치로 환산한 것인데, 존재의 빛입자의 진동수에 의해 발현되는 것입니다. 오라는 그 존재의 기본 광선과 경험에 의해 결합된 광선에 의해 나타나는 것이며, 빛의 투명도에 따라 진동수가 달라진다는 것입니다. 즉 입자에 달라붙어 있는 미아즈믹에 따라 진동수가 달라집니다.

인류가 물질에 집착해 빛 입자들에 카르마들이 달라붙어 진동수를 떨어뜨리는 것과 같다고 할 수 있습니다. 당연히 오라빛도 탁하다고 하는 것입니다.

그래서 여러분이 의식지수가 높아지면 사랑하는 감정이 지배적이 됩니다. 여러분이 아는 사랑, 자비, 용서, 포용, 관용, 배려, 이타, 감사, 기쁨, 행복, 나눔, 봉사, 헌신, 친절, 위로, 희망, 소망 등은 진동수가 높습니다.

여기서 말하는 진동수는 의식지수를 말하는 것이고, 의식지수가 높아지는 것입니다. 반대로 질투, 분노, 화냄, 시기, 미움, 괴롭힘, 폭언, 수치 등의 부정적인 것은 진동수를 낮추게 되고 의식지수를 떨어뜨립니다. 물질 또한 에고를 만들기 때문에 진동수가 떨어집니다. 우리 몸에는 차크라가 7개가 있지만, 의식지수가 500이 되면 가슴 차크라가 열립니다. 이것이 곧 깨어남과 신성을 되찾는 것입니다."

《천국의 문》, 에이스카풀루스

의식은 외부로 표현되는 것이 아니다. 이를테면, 우리가 생각하고 말하고 행동하는 외적 세계의 모든 것들의 근원이 되는 영혼의 작용이라고 말하고 싶다.

우리 육체는 곧 사라지고 없어진다. 온 우주를 놓고 본다면 우리 삶은 먼지와 같다. 그런데 육체가 죽어도 우리의 영은 사라지지 않는다. 우리의 육체는 옷을 갈아입고 또 다른 윤회를 할 것이기 때문이다. 그런데 우리는 계속 지구 행성에서 윤회만 할 것인가? 그렇지 않다. 윤회를 믿든, 믿지 않든 곧 있을 지구 극이동, 지구 리셋과 관련해 윤회 시스템, 즉 사후세계는 모두 사라진다고 한다.

이유와 목적은 분명해졌다. 윤회의 쳇바퀴도 사라져서 더 이상 의식을 성장시키기 위해 지구에 환생할 일은 없어졌지만, 수천 년 동안 수십 또는 수백 번을 윤회하면서 얼마나 스스로 의식성장을 해왔는지, 지구 졸업시험을 치르게 된다고 한다.

의식을 깨워서 영적지수, 의식지수를 높여 이 지구 행성에 벗어나 더 큰 우주를 만나야 한다. 영혼에게 자유를 주기 위해 우리의 의식을 깨우는 것부터 시작하자. 보이는 것이 전부가 아니다!

의식지수와
반지 꿈

2021년 6월 10일. 명리 선생님께 메시지를 보냈다.

'선생님, 저는 어제 문득 다른 세상이 선명하게 보이고, 동시에 지금 내가 살고 있는 세상과 공존하고 있다는 느낌을 받았어요.'

오후 2시 22분. 선생님에게 답장이 왔다.

'아. 그래요? 좋은 경험을 하셨네요. 담에 자세히 좀 설명해줘요. 지금 500룩스가 넘어갔습니다. 사랑하는 감정이 지배적일 거예요. 축하드립니다. 종강 전 500룩스(에너지) 찍는 분이 나오셨네요.'

나는 선생님께 답신이 오기 직전에 몸에 소름이 돋았고, 춥기까지 했다. 그 당시 메모해놓은 것을 보니 시간이 222 엔젤넘버(2시 22분)였다. 내면의 소리를 듣거나 살아가면서 시그널을 받을 때마다, 나의 수호 천사님은 언제나 항상 나와 함께하신다는 것을 느끼며 감사드린다. 엔젤넘버는 긍정의 신호다.

종강 전까지 500룩스를 달성하리라고 목표를 세웠는데, 기분이 얼떨떨했다. 그리고 3일 전에 반지 꿈을 꿨던 것이 생각났다. 오른손 손가락에 두 번을 끼어봤는데 맞지 않아서 왼손 새끼손가락에 반지를 끼우는 꿈이었다. 새끼손가락에 반지 끼는 꿈을 해몽해보니, '당신의 소원이 이루어지는 것을 보여줍니다'였다.

490룩스에서 10룩스를 남겨놓고 500룩스가 되는 것은 정말 쉬운 일이 아니다. 나는 그런 계기가 있었다. 우리 제자 반에서 사주(명조)를 풀어서 제출하면 선생님께서 피드백을 해주셨다. 사주풀이를 할 정도의 실력은 안 됐지만 그렇게 해서라도 풀이를 하다 보면 실력이 향상되리라는 고육지책(苦肉之策)이었다. 그런데 늦게 제자 반에 들어온 분 중에 열정을 다해 열심히 공부하는 분이 있었다. 사주를 실전에서 하다가 부족한 부분을 채우기 위해서 공부하러 온 것이라고 했다. 그래서인지 목숨을 걸고 하는 것처럼 비장해 보였다. 그리고 실력도 괜찮았다.

선생님은 이분에게 피드백을 대신 맡기셨다. 문제는 피드백을 해주면서 잘못된 풀이를 지적할 때 잘못된 내용만을 지적해야 하는 데도 불구하고 필요 이상으로 감정적이었다. 예를 들어서 '글이 너덜너덜하다', '칼같이 날을 세워라' 등과 같이 도무지 이해할 수 없는 말들이었다. 그 말들이 예리하게 꽂혀서 상처받았고, 기분이 몹시 나빴다.

같은 제자들끼리 서로 존중하고 예의를 지켜야 하는데, 말로써 상처를 주는 것이다. 처음에는 좋은 게 좋은 것이라고, '시간이 지나면 나아지겠지' 하고 참았다. 그러나 달라지는 것은 없었다. 상대방 입장에서 그럴 수 있겠다고 생각하며 이해하려고 무던히 노력했다. 그러나 결국은 참다못해 급기야 화가 불같이 치솟아 올랐다. 화가 머리 꼭대기까지 간 경험은 처음이었다. 참을수록 이상하게 화는 증폭됐다. 그분의 집을 안다면 그곳이 어디라도 당장 쫓아가서 따지고 싶은 마음이 올라왔다.

'전화해서 따질까?' 탁구공 치듯 마음이 갈팡질팡했다. 결국 화가 머리 끝까지 올라와서 통제가 되지 않았다. 그 선생님에게 용기를 내어 '선생님이나 잘 하세요'라고 메시지를 보냈다. 화가 난 것에 비하면 소심한 복수였다. 그러자 '언제 내가 화를 냈었지…?' 할 정도로 화났던 감정과 생각들이 일순간 모두 사라졌다. 정말 찰나였다. 머릿속과 마음은 텅 빈 느낌이 들었다. 온몸에 물을 끼얹은 것처럼 모든 것이 차분해지고 고요해졌다. 적막감 같은 기운이 내 온몸을 감쌌다. 세상에 아무것도 느껴지지 않았고, 오로지 나 자신에게만 집중됐다. 혹시 무상무념이라는 것이 이런 것일까 그 어떤 판단과 감정도 생기지 않았다. 그저 평온함 그 자체였다. 이 상태가 영원히 가도 좋을 것 같다는 생각이 들었다.

저녁을 먹고 잠깐 잠이 들어 30분이나 늦게 수업에 들어간 날이 있었다. 회의 참가를 누르고 접속하는 데 불과 1초도 걸리지 않는 시간이었지만, 시공간이 천천히 열리는 느낌을 받았다. 천천히 온라인 창이 열리면서 한 사람, 한 사람씩 얼굴이 보이기 시작했다. 반장님 얼굴이 먼저 보이고, 그다음 선생님 얼굴이 보였고, 그리고 주변 사람들이 한 명씩 눈에 들어오기 시작했다. 1초의 순간이었지만, 몇 초 이상의 시간이 흐른 것만 같았다.

그리고 마치 정든 고향 집에 온 것 같은 그리움과 사랑이 느껴졌다.

선생님 얼굴이 환해지고 갑자기 선생님 눈에서 하트가 보였다. '선생님이 나를 많이 걱정하셨구나'라는 생각이 들었다. 선생님은 수업 내내 농담도 하시고, 즐겁고 행복해 보였다. 선생님은 내게 의식지수가 올라서 내 얼굴이 많이 달라지고 좋아졌다고 칭찬을 해주셨다. 생각지 못한 칭찬을 들어서 기분이 좋았다. 수업이 끝나자, 노고지리의 〈찻잔〉이라는 노래가 떠올랐다. 〈찻잔〉에서 느껴지는 은은한 따스함과 사랑이 느껴졌다.

그날 밤, 잠들기 전에 밝은 현실과도 같은 어떤 세상이 몇초간 보였다. 내 눈으로 보는 것이 아닌 내면의 상위 자아가 다른 세상을 같이 공유하고 있다는 생각이 들었다. 나 말고도 여러 세상을 공유하고 있을지도 모른다는 추측을 해봤다. 마치 동시 상영이 있는 것처럼 말이다.

내 경험이 어떻게 의식지수를 올린 것인지 생각해봤다. 고등학교 때 친구가 재미 삼아 풍선에 바람을 잔뜩 불어 넣고 손을 놓아버리니 풍선에서 바람이 빠지면서 핑그르르 도는 것을 본 것이 생각났다. 풍선처럼 억눌렸던 감정이 해방구를 찾는 순간, 탄력을 받아 에너지가 솟구치면서 의식이 상승한 것 같다. 에너지 총량의 법칙이라고 할까? 풍선 속에 에너지를 가득 채울수록 풍선 안에 있던 공기는 밖으로 나가려는 압력이 거세지고, 통로를 찾은 에너지는 밖으로 세차게 에너지를 발현하며 탄력받은 진동 에너지가 의식지수를 끌어올리는 역할을 한 것으로 생각한다.

전날 꿨던 '반지 꿈'도 마찬가지다. 나는 궁금했다. 의식지수와 반지 꿈에 무슨 연관성이 있을까. 나는 그동안 《성경》을 읽어본 적은 없었다. 그냥 귀동냥 정도로 아는 것이 전부다. 창세기부터 읽다가 성경책을 덮은 이후로는 한 번도 본 적이 없었다.

이후로 '한책협' 슈카이브 님을 통해서 의식 성장과 《성경》을 강의로 배울 수 있었는데, 쉽게 설명을 잘 해주셔서 자칫 따분하게 생각될 수 있는 성서에 나오는 말씀들이 신기할 정도로 귀에 쏙쏙 들어왔다.

누군가가 이렇게 말했다. 자주 감탄사를 떠올릴수록 의식지수가 올라간다고. 행복하고 즐겁고 기쁜 일도 있겠지만, 우리가 진리를 접했을 때 자신도 모르게 나오는 감탄사가 가장 크게 의식지수를 올린다고 들었다.

대단한 것이든 작은 것이든 관계없다. 마음속에 염원하는 것이 가득 차서 압력이 차오르게 되고, 집중할수록 원하는 것이 이루어진다는 확신을 가져야 한다. 그 밑바탕에는 믿음이 선행되어야 한다. 마태복음 17장(14-21절)에는 "겨자씨만 한 작은 믿음만 있어도 너희가 행하지 못할 일이 없으리라"라는 말씀이 나온다. 우리에게는 무한한 가능성이 잠재해 있으며, 원하는 것에 집중하고 행동으로 실행해나간다면, 좋은 결과가 나올 것이라고 믿어야 한다.

그리고 반지 꿈의 의미를 알게 됐다. 누가복음(15:22-23)에서는 '아버지는 종들에게 이르되 제일 좋은 옷을 내어다가 입히고, 손에 가락지를 끼우고 발에 신을 신기라, 그리고 누가 살진 송아지를 끌어다가 잡으라. 우리가 먹고 즐기자'라고 말씀하셨다.

창조주 하느님께서 탕아가 돌아왔을 때 제일 좋은 옷을 내어다가 입히라 하셨고, 두 번째로 손에 가락지를 끼우라고 하셨다. 하느님의 자녀가 된 증표이며, 이것이 바로 성령이라고 하셨다.
그 당시는 해몽은 몰랐지만 생각만 해도 기쁜 꿈이었다.

우리는 영혼과 육체로 이루어졌다. 그래서 영혼백이라고 한다. 육체만이 느끼는 행복으로는 살 수가 없다. 창세기 2장 7절에는 '땅의 흙으로 사람을 지으시고, 생기를 그 코에 불어 넣으시니 사람이 생령이 되리라'라는 말씀이 나온다. 영은 창조주 하느님의 에너지로 만드신 빛이다. 영이 의식을 가지고 육체를 지배한다. 때로는 육체가 우리의 의식을 지배하는 일도 비일비재하다. 의식을 알아야만 영을 알 수 있고 상위자아와도 만날 수가 있다. 상위자아를 만나 창조주 하느님과 합일하는 것이다.

네빌 고다드(Neville Goddard)의 《전제의 법칙》에는 'I AM은 절대자가 자신을 지칭하는 말이며, 만물이 기반하는 토대입니다. I AM은 첫 번째 원인 재료입니다. I AM은 하느님의 스스로에 대한 인식입니다'라는 구절이 나온다. 슈카이브 님의 저서 《인생의 기적을 창조하는 상상의 힘》에도 예수께서도 '너희는 세상의 빛이다'라고 말씀하셨다는 구절이 나온다. 우리 모두는 빛으로 이루어진 의식이다. 지금 어떤 환경에 처해 있든 자신을 빛으로 인식해야 한다. 자신이 빛이라는 것을 인식할 때 내면 상태가 달라지고 외부 환경 역시 변하게 된다. 변화는 안에서 시작되기 때문이다.

우리는 의식지수를 올려야 한다. 육체만을 알고 물질적인 삶을 추구하며 백 년도 안 되는 삶을 살다가 허무하게 사라지고 말 것인지, 하루를 살더라도 의식을 성장시켜 나를 알아가고 외부의 환경을 바꿔서 영혼이 자유롭고 행복한 삶을 살다 갈 것인지는 여러분의 몫이다. 더 나아가 내가 지구에 온 목적이 무엇인지, 사명이 무엇인지를 알 때 살아가야 할 방향을 알게 된다. 그러면 삶이 값지게 되고 각자가 빛나는 삶을 살 수 있다.

에고의 되새김질,
남 탓

어렸을 적에 아버지가 술을 드시고 오면, 주사 비슷한 것이 있었다. 나는 술주정을 술주사라고 알고 있다. 술을 드시고 남에게 시비를 건다거나, 물건을 던진다거나 폭력을 쓰는 그런 것은 아니었다. 술을 드시고 오시는 날에는 어떤 말들을 하셨는지는 기억이 나지 않지만, 하던 말을 하고 나서 계속 반복하셨다. 마치 소가 여물을 먹으면서 씹고 또 씹으며 되새김질하는 것 같다고 생각했다.

지금 생각하면 아버지는 많이 외로우셨을 것이다. 초등학교도 제대로 졸업하지 못한 아버지가 직장을 다니며 받은 스트레스가 많았을 텐데 우리 가족들은 알지 못했다. 관심조차 없었을 것이다. 우리 자매들도 부모님에게 다정하게 사랑을 받은 기억이 거의 없었기 때문이다. 아버지는 힘들 때 가족이라도 진심으로 자신의 말에 귀 기울여주며, 따뜻한 위로를 받기를 원하셨을 것이다. 지금은 나이가 들면서 충분히 이해가 간다. 나도 너무나 힘들 때 누군가의 따뜻한 위로의 말 한마디가 너무나 듣고 싶을 때가 있었기 때문이다.

아버지는 원래 막내였었다. 하지만 큰아버지가 종손이었는데 아들이 없어서 아버지가 장남으로 입적한 것이라고 한다. 전통적 관습대로라면 아버지는 아들이 없어 대를 이을 사람도 없고, 딸만 7명이니 기댈 곳도 없어 외로우셨을 것이라고 언니들이 간혹 이야기했다. 엄마하고도 언제부터인가 거의 매일 티격태격 다투셨다. 술을 드시고 와서 엄마와 싸우시던 것도 여러 번 봤다. 서로 소리를 고래고래 지르시다가 나중에는 육탄전이 시작됐다.

20대에는 영화가 개봉하면 누구보다 먼저 서울 피카디리나 단성사에 가서 영화를 보는 것이 취미이자 즐거움이었다. 친구와 만날 때나 데이트도 영화관에서 즐겼다. 영화관은 만남의 장소였다. 영화관은 늘 사람들로 북적였고 암표도 거래됐다. 지금은 넷플릭스, 유튜브, TV 등으로 쉽게 영화를 볼 수 있지만, 그 당시로서는 상상할 수 없는 일이었다.

어떤 사람은 감명 깊게 보고 난 영화를 2번, 3번 반복해서 본다. 5번 이상도 보는 사람도 있다고 한다. 그러나 나는 흥행작이거나 아무리 감명 깊게 본 영화라도, 한 번 이상 본 적이 없다. 감명 깊게 읽은 책도 마찬가지다.

어렸을 적 아버지가 반복해서 말씀하시던 습관이 너무나 싫었기 때문에 나는 반복이 싫었다. 어렸을 때는 기억력도 좋아서 누군가 한번 말하면, 단번에 기억을 잘하고는 했었다. 그런데 누구든지 같은 말을 두 번 이상 반복하면 잔소리로 들려 귀를 막아버렸다.

최근에 TV 방송에서 같은 책을 여러 번 읽었다는 사람을 봤다. '어떻게 책을 여러 번 읽을 수 있을까', '저 사람은 아마도 시간이 많은가 보네'라고 생각했다. 나는 책을 반복해서 보는 것은 싫었지만, 때로는 중요한 내용을 찾아 다시 보고 싶을 때도 있었다. 하지만 책이라는 것은 처음부터 새로 읽어야만 하는 것으로 생각해 다시 볼 생각을 못 했다.

어느 날 '한책협' 김태광 대표님의 독서법에 관한 유튜브 영상을 보게 됐다. 굉장히 놀라웠다. 책의 겉표지의 앞면과 뒷면, 그리고 프로필, 목차 등만 읽어봐도 책 내용을 파악할 수 있으며, 책을 순서대로 읽지 않아도 된다는 내용이었다. 나는 책이란 무조건 처음부터 읽어야만 되는 줄 알았기에 이런 독서법이 있다는 사실에 놀랐다. 그리고 한 번 읽을 때 중요한 부분에 밑줄을 그어놓고, 더욱 중요한 구절은 별도 표시를 해두고, 핵심 부분을 표시해두면, 나중에 줄을 그어둔 부분만 읽어도 책을 여러 번 읽게 된다는 것을 알았다.

아버지의 술주사 때문에 반복되는 잔소리가 싫어서, 시간이 없어서 책을 반복해서 읽지 않았다는 것은 어쩌면 핑계다. 나의 멘토 중한 분이신 김동희 대표님은 '책을 앉아서 1시간 이상 읽는 것보다, 10분을 읽고 그것을 행동으로 옮기는 것이 더욱 중요한 것이다', '요즘은 e-book, 유튜브 등을 통해서 운전하면서도 충분히 책을 들을 수도 있다'라고 하셨다.

책은 시간이 많은 사람들이나, 작가들이 직업상 읽는 것으로만 생각했다. 내가 게으르고 책 읽을 의지가 없는 것을 아버지에 대한 안좋았던 기억에 덮어씌웠다. 비단 책뿐만이 아닐 것이다. 어떠한 일이 생겨서 힘들면, 좌절하거나, 절망하고 자신 탓을 하다가도, 남 탓으로 돌리는 나를 봤다.

오래전에 아르바이트로 홈쇼핑 전화 상담 일을 다녔다. 그때 같이 들어왔던 몇 살 아래 여직원이 있었는데, 성격이 무난하고 사람이 참 괜찮았다. 몇 개월 정도 함께 근무한 것이 다였지만, 지금도 그 친구를 생각하면 보고 싶다는 감정이 든다. 하지만 몇 마디 말실수로 그친구와의 관계를 이어가지 못했다. 회사 실적이 좋지 않아서인지 몇 개월 만에 우리 둘은 일을 그만두게 됐다. 자세히 기억은 나지 않지만, 그만둔 날에 '수고했어. 아쉽지만, 더 좋은 곳을 알아보면 되지'라고 위로하기보다는 내가 그만둔 것이 그 친구의 무능함 때문이라며, 덩달아 나까지 그만두게 된 것이 아니냐며 상처 주는 말을 했다.

나와 그 친구가 회사에서 잘리게 된 이유가 회사 입장에서는 2명을 더 고용했으나, 회사 실적이 별반 오르지 않다고 판단한 것일 수도 있다. 또는 특별한 사유가 없을 수도 있는데, 회사에 그 이유를 물어볼 생각도 하지 않고, 단지 내가 속상하다는 이유로 그 친구에게 모진 말을 했다. 지금은 미안한 마음이 크지만 시간을 되돌릴 수는 없다.

꽤 오랜 세월이 흘렀는데도 지금까지 그 일이 가슴속에 남아 있다. 간혹 '내가 왜 그랬을까?'라고 생각하다가 이내 '내가 성격이 못됐구나!'라고 치부하고 잊어버렸다.

지금 생각해보면, '나는 왜 그랬을까?'라는 생각에서 그칠 것이 아니라, 원인을 찾고 교정해야 했다. 나는 이러한 '교정'이라는 과정 없이, 아무 생각 없이 그냥 쉽게 생각하고 살아왔다. 힘들면 쉽게 남 탓을 해버리고, 좌절하면 그 원인을 주변 사람이나 환경 탓을 해왔다. 타인이, 주변 여건이 이러했으면, 나는 잘됐을 텐데 하면서, 눈에 보이는 주변 탓, 환경 탓으로만 돌렸다. 남들한테는 '모든 원인은 주위에 보이는 것들이 아니고, 자신의 잘못이다'라고 이야기하면서, 정작 나 자신은 그렇게 살지 못했다.

중이 염불하듯이 이론적으로는 다 알고 있다. 책으로 읽었든, 남들한테 들은 것이든 '서당 개 삼 년이면 풍월을 읊는다'고 하듯이, 알고 있는 것은 많았지만 내 자신을 제대로 되돌아보지는 못했다.

일어나는 모든 일들에는 그 이유가 있다는 것을 깨달았으면서, 정작 나에게 일어나는 일들에 대해서는 '그냥 그렇게 사는 것이 아닌가' 하면서 타성에 젖어 있었다.

한 번쯤 내 말과 행동에 대해서 책임감을 갖고, 문제의 원인을 알기 위해 자신을 되돌아보고, 삶을 교정해왔다면, 한층 더 성숙하지 않았을까, 삶이 더 풍요롭지 않았을까 생각한다. 오히려 젊었을 때보다 지금은 물질적으로 남에게 손 안 벌리고, 빚 없이 살고 있지만, 마음이 늘 허전하고, 공허했던 이유도 삶을 되돌아보지 못했기 때문일 것이다.

삶이라는 바다를 바라보는 것이 아니라, 파도에 치는 물거품만 보고, 울고 웃으면서 눈에 보이는 것들에만 치중하고 살아왔다. 이것들은 고스란히 나에게 삶의 허무함과 함께 실패와 좌절을 반복해서 느끼게 했다.

모든 일에는 원인이 있고, 그로 인한 결과가 생긴다. 이것이 '카르마'다. 보이든 보이지 않든, 물질이든, 비물질이든 좋은 카르마는 좋은 결과를 낳고, 나쁜 카르마는 나쁜 카르마를 낳는다.

내가 고치지 않으면, 같은 실수, 같은 행동과 말로 다람쥐가 쳇바퀴 돌듯이 벗어날 수 없다. 중요한 것은 이러한 의식의 교정 없이 전생과 전전생을 수없이 살면서 윤회한들 달라질 것이 없다는 것이다.

김도사, 슈카이브 님께서는 "지금의 삶이 행복하지 않은 이유는 전생을 살고 있어서이다"라고 말씀해주셨다. 나는 늘 그늘이 있었고, 행복하지 않았다.

돈을 벌면 행복하리라 생각했다. 하지만 차를 새로 샀을 때 기뻤던 마음은 얼마 후 시들해졌고, 새로 산 집을 보고 기뻐서 꾸미다가도 어느 시기가 지나니 부족한 점만 눈에 들어왔다.

늘 타인과 비교하는 삶을 살아왔다. 만족이라는 것은 잠깐 지나가는 솔바람처럼 금방 사라지는 것 같다. 시간이 지나면서 또다시 부족함과 허전함이 밀려왔다.

스스로
자립심을 키워라

1993년쯤의 일이다. 당시 세상의 모든 것이 덧없다고 느껴졌다. 내가 권력을 갖고, 명예를 가질 일은 없겠지만, 그것을 추구하는 사람들을 보면서 부질없다고 생각했다. 먹고사는 의식주에도 크게 관심이 없었다. 혹자는 '내가 배가 부른가 보다' 또는 '아직 고생을 덜해서 그렇겠지' 등 세상 물정을 모른다고 할지도 모른다. 그러나 그당시 나는 누구의 눈치를 볼 겨를이 없었고, 세상 그 어떤 일에도 관심을 두지 않았다. 무엇을 위해서 그렇게 열심히 살아야 하는지 몰랐다. 삶이 정말로 무의미하다고 느껴졌다.

에이스카폴루스의 《천국의 문》에는 "빛을 향한 길은 외롭고 힘들다고 한 것입니다. 자신의 모든 것을 포기하고, 내려놓아야 합니다. 물질을 향한 그 어떤 욕망도, 감정들도 사라지게 해야 합니다. 사람을 향한 욕망들과 감정들도 모두 내려놓아야 합니다. 기실 아무것도 가진 것이 없는 상태를 유지해야 한다는 것입니다"라는 구절이 나온다.

그렇다. 23살 때쯤의 나는 이런 마음 상태였다. 마음의 동요가 거의 없었던 상태, 고요하고, 욕심 없는 상태에서 내면의 신을 찾고 있었다. 밖을 향한 나의 마음은 나의 내면을 향하고 있었다.

그런데 얼마 지나지 않아, 더 이상 의식의 성장을 이룰 수도 없었고, 방법을 찾지 못했다. 누군가 선지자, 메시아가 계셨다면, 나는 지체 없이 그를 따랐을 것이다.

나의 영적 갈급을 채워줄 메시아를 찾지 못했다. 나의 영혼을 밝은 길로 밝혀줄 사람을 찾지 못했다. 그리고 시간이 흐르자, 조금씩 식기 시작했다. 나의 불꽃이 조금씩 사그라들더니, 이내 언제 그랬냐는 듯이 이전의 삶으로 다시 돌아왔다. 짧지만, 강렬한 경험이었다. 평생 영적 갈급으로 인생의 공허함과 외로움을 느꼈다. 언제나 늘 그때로 돌아가기 위해서 살아왔다. 연어가 다시 강을 거슬러서 원래의 고향을 찾아가듯이 말이다.

그저 3차원의 세계에서 잠시 4차원의 세계의 옷을 입었다가 벗은 사람처럼 다시 3차원의 물질 세계에 적응하기 위해서 또 그렇게 살아왔다. 결국은 돈을 벌어야 한다는 생각이 들었다. 인간의 일차적 욕구가 생존 본능이라고 한다. 이차적 욕구는 안정의 욕구, 그다음에 관계 속에서 명예를 추구한다. 그리고 그 모든 것이 충족되면, 의식을 성장시켜야 한다. 이것이 궁극의 목표이자, 이 땅에 태어난 모두의 사명이라고 생각한다.

나는 돈을 벌어서 나이 들면 누군가에게 아쉽게 손 안 벌리고, 내 힘으로 생활할 수 있을 정도는 해놓을 생각에 앞만 보고 달려왔다. 그렇지만, 삶이 정말 호락호락하지는 않았다. 내 생각대로 계획대로 되는 일은 없었다. 하지만 가난했어도 부모의 간섭과 잔소리가 없어서 좋았다.

가난이 주는 자유가 나쁘지 않았다. 그리고 직장에 다니면서 독립된 사회인으로서 자부심도 느꼈다. 그런데 또다시 구속된 쇠사슬을 끊어내고 싶었다. 그리고 다시 다람쥐 쳇바퀴에서 자유를 외치며, 탈출했다.

그러나 또다시 돈에 대한 불안과 막막한 미래를 걱정해야 했다.

그리고 우연히 만난 사람에게 또다시 구속됐다. 단지 그 사람을 통해서 내 삶을 부유하게 하고 싶은 마음이 있었고, 삶이 안정되기를 바랐다. 그것이 삶의 목표가 됐다. 결국 다시 경제적인 속물이 됐다. 너무나 당연한 것이었다. 잠깐의 깨달음의 오아시스는 잊혀졌다. 그리고 다시 돈을 벌어서 경제적으로 안정을 찾으려고 했다.

삶을 주체적으로 살기보다는 누군가에게 기대고 의존하던 시기가 있었다. 거짓 삶이었다. 결코 자신을 사랑하지 않으면서, 남에게 사랑받기를 바란다면 이율배반적인 삶이 되는 것이다.

뜨거운 여름을 견딘 나무에게만 나이테가 생기듯이 시련과 고난을 버티면서 인생을 주체적으로 살고 꿈을 키웠어야 했다. 가슴이 뛰도록 하고 싶은 일을 찾아야 했다. 그런데 그런 것이 없었다. 그 이유는 간단했다. 학교에서 배운 것, 사회에서 기능적으로 업무를 수행하면서 배웠던 것 등 내게 주어진 환경이라는 틀 안에서 내 생각은 멈추고 한정 지어져 있었다.

그 틀 안에서만 생각이 뱅뱅 돌았다. 마치 정년퇴직하고 나서, 놀고 먹을 수가 없어서 너도나도 똑같은 치킨 체인점을 차리는 꼴이 됐다.

밑바닥부터 시작해 메뉴를 개발하는 것은 모험 같아서 불안하다. 왜냐하면 시행착오를 겪으면서 시간적·경제적으로 피해를 보기 싫어서다. 자신에 대한 믿음과 의지, 도전 정신이 부족하기 때문이다. 반면에 치킨을 만드는 방법에서부터 인테리어까지 모두 설치해주고, 대리점에서 양념이며 재료며 다 배달해주면 봉지만 뜯어서 팔면 되는 식의 체인점이 얼마나 편하고 안정될까. 이렇다 보니 주어진 틀 안에서만 장사하는 모양새가 된다.

반면에 성공한 음식점은 달랐다. 음식점으로 대박 난 집을 찾아가는 방송이 있었다. 그곳은 처음부터 한 가지 메뉴만 집중했다. 발품을 팔고 고생해가며 시장조사를 하고, 끊임없이 음식을 다양하게 만들어 시식도 해주고 수정하면서 누구도 따라올 수 없는 고유의 음식을 만들어낸다.

사실 나 역시 후자보다 전자를 택했다. 주어진 틀 안에서만 할 수 있는 것을 찾았다. 모험이 두려웠다. 이것저것 핑계만 가득했다. 경험이 부족하다, 그럴 자본도 없지만 투자했다 실패하면 어쩌나 등, 나 자신을 합리화시켰다.

그래서 가슴이 뛸 만한 일도, 꿈도 생각나지 않았다. 직장생활을 성실히 하거나, 자격증 정도 취득하는 노력으로 남들처럼 살아가면 된다고 생각했다. 결국 스스로 알에서 깨어나는 것을 포기했다. 그냥 편안하게 누군가의 힘으로 일어서고 싶었던 마음이 있었을 것이다. 스스로 독립하지 못하니 나에게 자유란 없었다. 오히려 기대고자 했던 의지박약 때문에 오랜 시간을 한 남자에게서 벗어나지 못했다. 그렇게 고생하면서 나아지겠지, 달라지겠지 스스로 자신을 희망고문하면서 살아왔던 것이다.

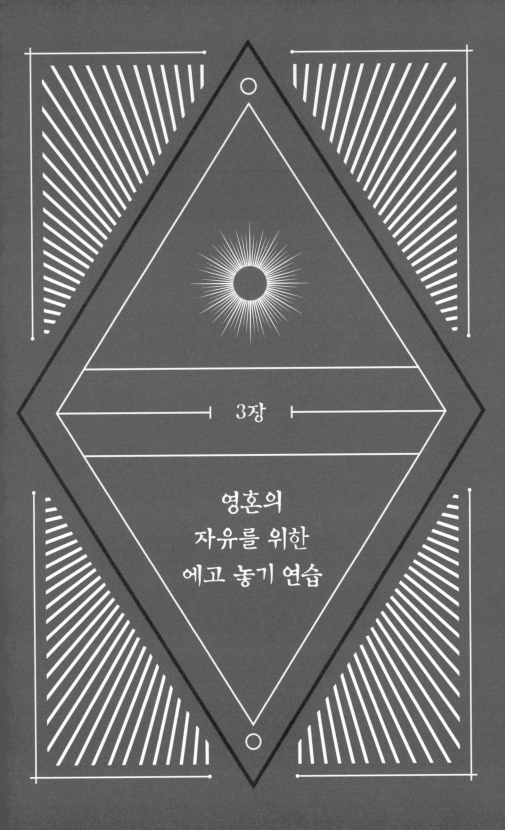

3장

영혼의
자유를 위한
에고 놓기 연습

깨어남이란
무엇인가?

'깨어남'이란 단어부터가 막연하고 어렵게 느껴진다. 종교적인 내용이 다분하게 들리기도 하고, 예수님이나 붓다 석가모니, 공자, 노자나 대 성인(聖人)들이 아니면 종교인들이나 철학자들이 하는 말로 생각되어 나하고는 전혀 상관없는 동떨어진 세계로 치부해버린다. 깨어남이나 깨달음이 밥 먹여주는 것도 아니고, 돈을 벌어다 주는 것도 아니니 생각할 겨를이 없다고 여긴다.

젊었을 때부터 깨어남이란 것에 대해서 어느 정도는 관심이 있었다. 나이가 들수록 관심은 더욱 갈구하는 마음으로 변했다. 힘든 일을 겪어오며, 세상살이가 그렇게 녹록지 않다는 것을 깨닫고 나서부터 마음의 위안을 느끼고 싶었다. 그것이 종교를 통해서든, 친구나 애완동물로 인해서든 그 대상은 상관없었다. 순수하게 내 마음을 털어놓고 기댈 수 있는 피난처를 찾고 싶다는 생각이 살면서 문득문득 들었다.

　그러나 어디엔가 기대고 싶다는 생각을 할수록 마음이 더 힘들어졌다. '마음을 기대고 의지하기보다는 차라리 깨어나는 것이 어떨까? 깨어남이란 도대체 무엇일까? 지금의 세상 말고 또 다른 세상이 있다면 그곳은 어디일까?' 상상하곤 했다.

　어릴 적에 자다가 무서운 꿈을 자주 꿨다. 알 수 없는 꿈 내용이었지만, 너무 힘들어서 다시 잠들기 전에 스스로 꿈이라고 인지하고, 꿈에서 깨어나겠다고 다짐하고 잠이 들었다. 꿈속에서 깨어나려고 하면, 다시 꿈속이었다. 또 깨어나려고 발버둥 쳐봤지만, 다시 꿈속인 것을 반복했다.

　꿈은 여전히 무서웠다. 어른들은 키가 크려고 무서운 꿈을 꾸는 것이라고 하지만, 스스로 이겨내야 하는 숙제였다. 결국은 꿈속에서 '나는 지금 꿈을 꾸고 있다'라고 여러 번 정신을 차려 말했다. 그렇게 각고의 노력으로 꿈속에서 깨어났다. 몇 번을 그렇게 꿈속에서 깨어나고 난 뒤에는 꿈을 꾸지 않았다.

　어떻게 보면 깨어남이란 어렵지 않다. 꿈속에서 깨어나는 것보다 살아서 깨어나는 것이 쉬울 수 있다고 생각한다.

　조선 숙종 15년에 김만중이 지은 소설 《구운몽》은 인간으로 환생한 주인공이 여덟 선녀와 부귀영화를 누리다가 깨어보니 꿈이었다는 내용의 설화로, '부귀영화가 한낱 꿈에 지나지 않다'는 일장춘몽(一場春夢)을 주제로 한다.

우리가 살고 있는 이 세상 자체가 모두 꿈속이라면, 믿을 수 있을까? 아니면 꿈속에서 꿈이라는 것을 알 수 없는 것처럼, 어쩌면 꿈속이 진짜인지도 모른다.

벌써 내 나이가 50 중반이라니, 정말 믿을 수도, 믿고 싶지 않을 정도다. 이 긴 세월 동안 '무엇을 했을까?' 생각하면 아무것도 한 것이 없다는 생각이 들어 더욱 허무하다.

설사 돈을 벌었고, 학벌이 좋고, 명예가 있고, 권력이 있다고 하더라도, 백 년도 살다 가지 못한다. 연인과의 달콤한 데이트도 아쉽게 끝나서 헤어질 시간이 다가오고, 군대에서 휴가를 나와 친구들과 부모님과 즐거운 시간을 보내면 곧 부대로 복귀해야 하며, 지인들과의 즐거운 저녁 식사 시간이 끝나면 헤어져야 하는 시간은 돌아오기 마련이다.

그런데 사람들은 한 가지 착각에 늘 빠져 있다. 지금 당장 내가 이렇게 살아 있다는 느낌이 생생한데 어떻게 가짜라고 할 수 있을까? 내 앞에서 남편이, 아내가 사랑스럽게 보이고, 아들과 딸들이 재잘거리는 음성과 바깥에 보이는 건물과 도로에 달리는 차, 지저귀는 새소리, 한가로운 자연 풍경과 가로수들, 이 모든 것이 눈앞에 보이는데 가짜라니 너무나 터무니없다고 할 수도 있다.

시간을 거슬러서 올라가면, 지금 보이는 것들이 백 년 전에도 있었을까? 아니면 내가 백 년 전에 태어났었을까? 당연히 아니다.

우리 모두는 자신의 생명과 평생 일궈온 재산, 명예와 권력이 영원할 것이라고 착각하고, 그 모든 것에 시간과 노력을 올인하며 살고 있다. 물질 세계에서의 삶이나 체험은 금방 사라지지는 않지만, 서서히 자신의 수명을 다하고 있다. 왜냐하면 지금의 물질 세계는 물질 체험이고 유한한 삶이기 때문이다. 새로 차를 샀을 때는 이루 말할 수 없이 기쁘지만, 5년, 10년이 지나면 처음 그 마음은 시들고, 여기저기 기스나고 찌그러진 곳도 생긴다. 처음에 가졌던 애지중지하던 마음이 시들 듯이 마음도 육체도 사라진다.

인간은 운명이라는 수레바퀴 속에서 벗어나지 못하고, 거부할 수도 없는 나약한 존재다. 영원한 우주에 비하면, 우리의 인생은 평균 100년 미만이라는 한 점의 시간에 지나지 않다. 그리고 곧 사라진다.

그럼에도 우리가 어디에서 왔으며, 어디로 가는지 알려고 하지 않는다. 철학자나 종교인만이 아는 불문율처럼 생각한다. 하지만 종교도 철학자도 쉬이 가르쳐주지 않는다. 나 자신이 영적인 존재라는 것, 그 영은 우주를 창조하신 창조주 하느님 아버지께서 만드신 것이며, 그 증표가 삼중 불꽃이라는 것을 그 누구도 알려주지 않았다. 오로지 내가 믿고 따르는 창조주님의 말씀을 전하시는 재림 예수님 슈카이브 님께서 처음 말씀해주셨다. 신성회복이라는 말씀도 같이 해주신 유일한 분이시다.

스스로 답을 찾아야 한다. 이것이 인간으로 태어난 이상 각자가 지닌 숙명과 사명이라고 생각한다. 깨어남이라는 것은 지금의 삶이 전부가 아니며, 지금 삶을 통해서 알아야 할 것들의 메시지를 아는 것이다.

내가 왜 이런 고난과 고생을 하며 아득바득 살아야 하는지, 아무리 속을 채워도 배고프고 아무리 마셔도 목마른 이유는 육체의 짧은 삶이 아닌, 그 이면의 다른 무엇이 있다는 것을 알아차려야 하지 않을까?

죽음을 생각하자 이 세상이 허무하다는 것을 알았고, 이 세상의 것들이 곧 사라질 것임을 알게 됐다. 죽음에 비하면 세상 모든 것이 무의미하다는 생각이 들었다. 초등학교 5학년쯤인가 나는 영생을 얻고 싶었다. 2,000년 전의 예수님께서 다시 이 세상에 오신다면(그 당시 마음속으로는 아무것도 몰랐기 때문에 '예수님께서 오실 리가 없겠지'라고만 생각했다), 나는 모든 것을 내려놓고 예수님을 따를 것이라는 간절한 마음으로 다짐했던 기억이 역력하다.

문득문득 생각나는 '죽음'이라는 것에 대해서 아무런 정보도, 지식도 없이 그대로 공포를 안고 살아야 했다. 슈카이브 님의 저서인

《죽음 이후 사후세계의 비밀》에서 그 답을 찾았다.

"사람이 죽으면 어떻게 되나요?"

"사후세계가 정말 존재할까요?"

"죽으면 정말 천국 아니면 지옥으로 가나요?"

정말 알고 싶고, 궁금했던 질문들이다.

"나는 그동안 영성과 사후세계를 공부해왔다. 게다가 사후세계에 관한 여러 체험을 하면서 지금의 삶이 전부가 아님을 깊이 깨닫게 되었다. 우리가 인간의 몸을 입고서 사는 지구 행성은 수많은 영혼이 오가는 학교다. 이곳에서 다양한 체험을 하면서 전생에 배우지 못했던 지혜와 깨달음을 얻는다. 영혼에 따라 수천 번, 수만 번의 윤회를 통해 의식 상승, 영적 진보가 이루어진다. 우리가 거듭 환생하는 이유는 영혼의 완성을 위해서다."

이 글을 읽고 나서 죽음에 대한 공포가 모두 사라졌다.

윤회라는 것을 들어봤지만, '과연 그럴까?'라고 의심만 했었다. 그러다 슈카이브 님께서 직접 겪어온 이야기를 명확하게 설명해주셨다. 게다가 '인간으로서 왜 살아야 하는지'를 구체적으로 설명해주셔서 삶의 실타래가 풀린 느낌이었다.

누구는 '죽지 못해 산다', '태어났으니 그냥 살지'라고 말한다. 목적 없이, 나침판도 없이 하루하루를 그냥 살아가기 바쁘다. 하지만 최소한 내가 어디서 왔으며, 어디로 가는지, 내가 왜 태어난 것인지를 알고 산다면, 삶의 방향이 전환되어 평안과 안식을 얻을 수 있다고 생각한다. 우리 모두는 영적인 존재이기 때문이다. 육체는 껍데기에 불과하다. 영혼이 입는 옷은 육체다. 윤회를 하면서 새로운 육체로 갈아입으면서, 우리는 삶의 깨달음과 지혜를 통해서 영혼의 완성과 자유를 목적으로 한다. 이를 알게 되자, 뛸 듯이 기뻤다.

이것이 '깨어남'이라고 생각한다.

밤하늘에 보이는 붉은 해와 붉은 달이 곧 닥칠 지구 종말임을 최근에 슈카이브 님을 통해 알게 됐다. 나는 어렸을 적부터 죽음과 우주, 이런 신비한 것에 관심이 많았다. 어렸을 때 외계 행성이 지구를 향해 다가와서 지구와 충돌하는 장면을 산 중턱에서 바라보는 꿈을 꾼 적이 있다. 공포 그 자체였다. 물론 수호 천사가 꿈이라는 것을 통해 나를 깨우려고 했던 것이다. 꿈이나 책, 영화, 드라마, 음악 등으로 각자에게 있는 수호 천사가 우리를 깨우고 있다. 이것이 천사의 나팔 소리다.

그 꿈이 현실이 될 줄은 정말 몰랐다. 화산 가득한 붉은 니비루 전투행성이 지구를 향해 다가오고 있다. 어둠에 속하는 미국 나사에서도 불지옥 외계 행성이 오는 것을 이미 알고 있다. 그리고 이런 내용이 기사에 난 것을 '한책협' 카페를 통해 봤다.

깨어남의 필독서이며, 내 인생을 180도로 바꾸어준, 에이스카풀루스의 《천국의 문》에 "사후세계는 여러분이 반드시 알아야 하는 진실이며, 그것을 믿고 안 믿고는 선택이 아닌 필수라고 하는 것입니다. 몰라도 그만이 아니라, 반드시 알아야 하고, 적당히 알아야 하는 것도 아닌, 정확히 알아야 하는 것입니다"라는 구절이 나온다.

그동안 죽음이라는 단어를 꺼내지도 못하고, 어렸을 때부터 느꼈던 죽음의 공포 체험을 아무에게도 말할 수 없었지만, 피하고 감춰야 하는 대상이 아니었음을 깨닫게 됐다.

더욱이 윤회를 한다 해도 기억이 나지 않는 삶 또한 무의미할 것이라고 생각했다. 그런데 충격적인 사실을 알게 됐다.

> "과거에는 여러분이 인생을 끝내면 티타니아(금성)로 이동했지만, 그것이 폐쇄되고 중단되었으며, 인생을 끝내면 저들이 머물고 있는 4차원 세계(가짜 사후세계)로 이동하게 되었고, 그곳에서 머물러 있다가 물질 인생을 살기 위해 다시 태어나는 것을 반복하고 있었던 것입니다. 저들은(타락 천사, 어둠세력) 이것을 여러분이 알면 안 되었기 때문에 '모든 기억을 세탁하고 조작'해 여러분을 속여 왔던 것이고, 이것을 알 리 없던 여러분은 지금의 인생이 '처음이자, 마지막'이라고 알고 있었던 것입니다."
>
> 《천국의 문》, 에이스카풀루스

지금까지 어둠세력, 또는 루시퍼 타락 천사에 의해 기억이 그대로 있으면서 영적인 성장과 진화를 할 수 있었고, 때가 되면 티타니아 금성으로 차원상승이 자연스럽게 이루어졌던 것이다. 죽음이라는 공포와 윤회라는 틀 속에 갇혀 살 필요가 없었다. 한마디로 지구 행성은 타락세력들이 점거해 감옥행성을 만든 것이다. 지구에서의 체험과 경험을 통해 의식을 성장시키는 학교가 타락세력에 의해 지옥학교가 된 것이다. 그래서 우리는 깨어나야 한다. 이 감옥 행성에서 탈출해야 하기 때문이다.

에고는
내가 만든 것이다

TV 프로그램 〈사랑과 전쟁〉을 한동안 재미있게 시청했다. 어느 날, 마마보이에게 시집온 한 며느리의 이야기가 담긴 에피소드를 보았다. 홀시어머니는 재력가이며 가정의 주도권을 쥐고 있었다. 시어머니는 며느리가 들어올 때마다 마음에 들지 않으면 이혼시켰다. 지금의 며느리가 무려 세 번째였다. 그동안 며느리들은 스펙이 빵빵했지만 말을 안 들었다. 지금의 며느리는 스펙은 부족하지만 평범하고 고분고분했다. 시어머니가 공부를 시켜줬고, 자격증도 따게 지원도 했다. 모든 것이 순조로웠다.

그런데 시어머니는 자연임신이 아닌, 인공수정으로 선별해서 아기를 낳을 것을 강요했다(친언니가 아이를 갖지 못해서 인공수정을 했는데, 많이 힘들다는 것을 들어서 알고 있었다. 불임을 위한 부부들의 인공수정은 알고 있었지만, 아이를 선별해서 낳기 위해 한다는 사실은 처음 알았다). 하지만 며느리는 계속되는 인공수정에 지쳤다. 그러던 중 자연임신이 됐고, 시어머니는 당장 아이를 지우라고 강요했다. 며느리는 강하게 반발했다. 그러자 시어머니는 이혼시키려 들었다. 둘이 커피숍에서 이야기를 나누던 중 시어머니가 며느리에게 '너는 왜 에고가 있니?'라고 물었다.

나는 이 말에 충격을 받았다. 시어머니가 어떻게 부부의 가정사, 임신, 모든 것을 간섭하면서 오히려 어떻게 '에고가 있느냐'라는 가스라이팅을 하는 것인지 어처구니가 없었다. 물론 시어머니는 주거며, 생활비, 며느리의 교육비까지 전부 지원했고, 아들이 지금의 위치까지 올 수 있도록 모든 것을 신경 써주고 뒷바라지를 해왔다. 물질적인 지원은 훌륭하다고 말할 수 있지만, 지나친 인권 침해와 사생활 침해를 저질렀다.

이러한 사실을 모두 알고도 경제적 풍요와 사회적 위치를 위해 결혼을 선택한 세 번째 며느리가 스스로 감당해야 할 몫이라고 생각한다. 재벌가에 시집가는 며느리들을 보면 모두 행복할 수는 없는 것 같다. 자유롭지 못할 것이다. 경제적 풍요가 목적이어서 결혼을 했다면, 다른 것은 포기할 각오가 있어야 한다.

진정으로 자신이 자유롭고 행복하고 싶다면, 자신이 원하는 것이 무엇인지 먼저 자신을 철저히 되돌아봐야 한다고 생각한다.
에이스카풀루스의 《천국의 문》에는 "가족을 이루고, 공동체를 이루고 사는지 그 원인을 모르고 살고 있는 것입니다. 남녀가 만나 결혼을 하고, 아이를 낳으며 가족 공동체를 이루는 것이 우연이라고 보십니까? 모두가 인생 프로그램에 의해 형성되는 관계이고, 서로 배우고 가르치며 또한 희생과 봉사를 위해 그런 공동체가 형성된다고 하는 것입니다. 한 존재의 인생 프로그램에 다양한 존재들이 그룹을 이루어 필요한 배움과 체험들을 직접 하거나 간접적으로 하면서 돕는 것입니다"라는 구절이 나온다.

우리가 사는 삶이, 인생이 모두 그저 우연으로 이루어지는 것이 아니다. '우연을 가장한 필연이다'라는 말을 한 번쯤 들어봤을 것이다. 우연을 가장한 필연이 카르마이며, 에고의 작용이라고 생각한다. 우리 모두가 전생과 전전생을 겪으면서 카르마에 의해 서로 간의 이해관계로 가족관계의 카르마를 형성해서 다시 태어난다는 사실을 안다면, 지금까지 살면서 우연이라고 생각한 이 모든 사실들이 우연이 아니라는 것을 알 것이다.

'옷깃만 스쳐도 인연'이라는 말이 여기서 나온 것일지도 모른다.
스쳐가는 인연이든, 부부의 인연이든, 부모와 가족 간의 혈연적 인연이든, 사회적 만남의 인연이든, 모두가 우연이 아닌 것이다. 그리고 이 모든 것들은 내가 결정하고, 만든 것이다. 다만 우리가 기억을 하지 못하고 있는 것뿐이다. 나의 내면의 의식이 모든 것을 결정하고, 상상하며, 창조하고 있음을 안다면 영혼의 진정한 자유를 찾게 될 것이다.

물론 사람들에게는 누구나 에고가 있다. 심지어 키우는 강아지에게도 에고가 있다고 생각한다. 에고란 무엇일까? 에고는 나에 대한 관념이라고 생각한다. 나는 홍길동이고, 어디에 살고, 부모, 가족은 누구이고, 직장은 어디이고, 스펙은 어떻고, 외모는 어떠하고, 성격은 어떠하다는 등이 모두 에고가 바라보는 나일 것이다.

우리 모두가 보이는 세상의 모든 것들에 자신을 반영시킨다. 세상이라는 거울에 비치는 자신의 모습을 보고 나 자신을 정의 내린다. 밖에서 보이는 모든 것들에 자신을 투영하고, 비교하며, 스스로 자만심과 열등감, 죄책감으로 스스로 옭아매고 살아가는 것이다.

인간은 혼자 살 수 없는 존재이기 때문에 더불어 살아간다.

사회적 동물이기에 보고, 느끼고, 듣고, 말하고, 행동하면서 타인과의 만남으로 모든 것을 평가하고 평가받는다. 나 역시 내 기준과 생각 없이 항상 남의 눈치를 보고 살아왔다. '이 말을 하면 남이 좋아할까? 싫어할까?'를 생각하고, '이 옷을 입으면 남들이 어떻게 생각할까?', '이렇게 행동하면 남들이 흉을 볼까?' 등을 생각하며 살아왔다.

그런데 의외로 남들은 나에 대해 깊이 생각하지 않는다는 것을 알

왔다. 마치 내가 남이 오늘 무슨 옷을 입고 왔는지 전혀 기억나지 않고 관심도 없었던 것처럼 말이다. 이러한 사실을 뒤늦게 알게 됐다.

슈카이브 님의 저서 《인생의 기적을 창조하는 상상의 힘》에는 다음과 같은 구절이 나온다.

"우리 모두는 내면에 자신이 원하는 것 이상을 갖추고 있다. 건강과 부, 아름다움, 천재성… 이 모든 것을 외부에서 찾아선 안 된다. 내 안에서 찾을 때 그것은 밖으로 표출되기 때문이다. 안타깝게도 대부분의 사람들이 자신이 바라는 것을 찾기 위해서, 얻기 위해서 밖으로만 떠돈다. 그렇게 떠돌면서 인생에서 가장 중요한 시간을 낭비하고 만다. 자기 안에서 찾지 못하는 것은 그 어디에서도 찾을 수 없다."

겉으로 보이는 에고는 가짜로, 우리가 연기하며 살아가는 것이다. 깨어난다면 모든 것이 가짜이고 허상임을 알 것이다. 그래서 가짜인 에고가 아니, 진짜인 나를 찾아야 한다.

우리는 외부에서 나 자신을 찾으려 한다. 외부의 것에 집착하고, 욕망하며, 갈등과 괴로움을 겪는다. 결국에 실패와 고난을 겪게 되며 이것을 통해서 보이는 것들의 허상을 느끼고 허탈감과 좌절을 경험한다. 그러나 좌절하기에는 이르다. 시련과 고난이 오는 이유와 그것을 어떻게 받아들이고 이해하며, 고난을 통과해야 하는지를 알면 나 자신을 찾아 삶이 풍요로워지며, 진정한 자유를 누릴 수 있게 된다. 또한 내가 지구에 온 목적과 사명을 다하게 된다.

사주(명리)는 태어난 년, 월, 일, 시에 천간과 지지를 합한다. 총 8개의 글자를 모아 사주팔자라고 한다. 여기서 수, 목, 화, 토, 금, 수의 오행의 에너지가 들어 있다(토는 중용). 이 에너지가 골고루 들어가서 순행하면 금상첨화겠지만, 대부분 평균 오행이 2~3개 정도로 편중되어 있고, 혼탁하거나, 역행을 하고 있다. 나 또한 부족한 오행이 있어서, 가족이든 사회에서든 물질적인 것에서든 부족함, 허결함, 어려움을 느끼며 살아가고 있는 것이다. 그런데 이 사주팔자가 그 사람의 에고를 나타내는 것이라고 배웠다.

그리고 우리는 이 사주대로, 에고대로 삶을 살아가고 있는 것이다.

부족한 오행을 알지 못하면 그것에 대한 문제가 발생한다. 이것을 알아가는 것이 지구 행성에 온 목적이 될 수 있다. 나의 부족함은 채우고, 넘치는 것은 덜어내고, 조화와 화합을 배우기 위한 목적으로 온 것이다.

시련은
끝이 아니다

"시련은 변형된 축복이라는 것이다. 헤르만 헤세의 작품 《데미안》에서 보면, 새는 알을 깨고 나온다, 알은 새에게 하나의 세계이다. 하지만 태어나려고 하는 생명은 하나의 세계를 파괴하지 않으면 안 된다. 시련은 새의 알과 같다. 알에서 새가 되기 위해선 힘들고 고통스럽더라도 단단한 알을 깨고 나와야 한다."

《150억 번 1인 창업》, 김도사

"시련을 겪는 과정엔 괴롭지만 극복하고 나면 자신이 한층 단단해지고 성장했음을 알게 된다. 시련이 없었다면 깨닫지 못했을 것들을 배우게 된다. 이것이 우리에게 시련이 필요한 이유다. 나는 사람들이 시련이 변형된 축복임을 깨달았으면 좋겠다. 시련이라는 포장지를 열어보면 그 안에 자신에게 필요한 여러 가지 선물이 담겨 있음을 알게 될 것이기 때문이다."

《죽음 이후 사후세계의 비밀》, 슈카이브

대부분 사람들이 부모 탓을 하고, 환경 탓을 하고, 남의 탓을 한다.

마치 돌부리에 넘어지면, 돌을 원망하고 자신이 부주의한 잘못은 생각하지 않는 것과 같다. 과연 내가 지금 가난하고 힘든 것이 부모 탓이고, 환경 탓일까?

우리가 전생과 전전생을 살아오면서 기억을 다 하지 못하지만, 이미 지금의 삶을 계획하고 왔다고 한다. 사후세계에서 카르마위원회의 조언을 통해 각자의 카르마대로 가족 관계 등을 정하고, 역할을 맡아서 시뮬레이션을 거치는 등 철저하게 계산해서 지금의 지구 행성에서 기억을 하지 못한 채 각자의 연기를 하며 사는 것이라 한다. 이렇게 함으로써 전생에 쌓여 있는 카르마를 정화, 해소한다고 한다.

또한 살면서 겪는 시련과 고난 등을 통해 지혜와 깨달음을 얻게 된다고 한다. 그리고 더욱 놀라운 사실은 살면서 겪은 지혜와 깨달음이 물질 세계의 화폐가 아닌, 천계에서 쓰이는 의식화폐가 된다는 것이다.

그러니 우리가 외부적 환경 요인을 탓해서는 안 된다고 생각한다. 그동안 잘되면 우쭐해지고, 잘못되면 주변 사람이나, 환경, 외부적 요인을 탓해 왔다. 그런데 이 모든 것이 사후세계의 계획이라는 말에 그동안 남 탓을 했던 자신이 부끄러워졌다.

내가 부모를 선택하고, 가난을 택한 것도, 질병을 선택한 것도 아니고, 모든 것들이 사후세계에서 계획한 것이라고 하니 더 이상 남을 탓할 이유가 사라졌다. 그리고 이러한 시련이나 고난 속에서 깨달음을 얻고, 이 깨달음을 통해 더 단단해지고 성숙해진다. 영혼이 진화, 발전, 성장하기 위한 것이라는 것을 깨닫게 됐다. 내가 계획하고 끌어당긴 것들이었다. 이것을 피하는 것이 아니라, 정면으로 극복하고 도전한다면 스스로 알에서 깨어나는 것이다. 그렇게 지구에 태어난 목적이 있음을 알게 됐다.

처음에는 '고난이 왜 축복이 될 수 있을까' 도무지 이해가 되지 않았다. 어려움이 닥치면 쉽게 좌절하고, 남의 눈치를 보고 비굴해진다. '중간이면 반은 간다'라는 말을 들어서 알고 있다. 너무 앞서지도 너무 뒤처져서는 안 된다는 것이다. 남이 하는 만큼 따라가야 한다는 말인데 그렇게 주입식으로 세뇌됐던 나는 내 자신을 돌아보기보다는 정해진 틀 안에서 남의 눈치를 살피며 남의 시선과 남의 말에만 신경을 쓰고 상대의 말과 행동에 울고 웃었다.

하지만 이러한 어려움을 극복하고, 헤쳐나가면서 지혜가 생긴다는 것을 나중에 알게 됐다. 하지만 당시에는 모든 것은 다 내 자신이 끌어당긴 것인데도, 남 탓하기에 바빴다.

2021년에 막냇동생이 상가와 오피스텔을 신규 분양하는 일을 하고 있었다. 그때 나는 지방에서 살고 있었고, 코로나가 막 끝나갈 무렵이었다. 그룹으로 역학공부를 하게 되어서 강의를 듣기 위해 서울에 올라갔다. 수업 중에 동생에게 전화가 걸려 왔다. 동생과 통화를 마치고 나니 처음 하는 분양일이 고되고 힘들겠다 싶어 저녁이라도 사주고 내려가야겠다고 생각하고 동생과 약속을 한 후, 찾아갔다.

영등포에서 고양시까지 가는 데 1시간 30분 정도가 걸렸다. 버스를 타고 내려서 다시 지하철을 두 번이나 갈아탔다. 동생은 내가 예상 시간보다 늦게 도착하자 독촉하기 시작했다. 8시가 다 되어서 도착했다. 그렇게 독촉하던 동생은 막상 내가 도착하자 퇴근 준비는 서두르지 않고 잠깐 기다리라고 했다. 뜬금없이 교수로 있다가 정년 퇴임하셨다는 남자분과 인사를 나누고 자연스럽게 상가 분양에 대한 브리핑을 들었다.

동생 말로는 분양팀에서 업무를 대신 이끌어주고 도와주는 분인 것 같았다고 했다. 나는 동생 체면을 봐서 그냥 설명을 들었다. 그런데 이것이 나의 실수였다. 동생에게 '저녁을 먹기로 했으니 밥이나 먹으러 가자. 상가에는 관심 없다'라고 딱 잘라 말을 하고 나왔어야 했다. 귀가 얇은 나는 설명을 들으면서 스멀스멀 욕심이 생겼다.

현재 가진 돈은 별로 없지만, '잔금을 치르지 않고, 전매를 하면 시세차익을 누릴 수 있지 않을까' 하는 생각이 들었다. 여기까지는 괜찮았다. 하지만 문제는 다음 날 발생했다. 동생과 저녁을 먹고 시간이 늦어 동생 집에서 잤다. 다음 날 아침, 동생은 분양 모델 하우스로 출근하고, 나는 집으로 내려갈 예정이었다. 그런데 동생이 근무하는 모델하우스로 들어서자, 이번에는 팀장이 기다리고 있다가 인사를 하며 친절하게 말을 걸어왔다. 어제 직원이 설명했던 분양 관련 브리핑을 다시 하기 시작했다. 그리고 호실까지 지정해서 계약하기를 종용했다.

계약금으로 먼저 1,000만 원을 넣으라고 했다. 나중에 해지해도 상관없다며, 괜찮다고 했다. 나는 망설였다. 동생도 옆에서 지켜보고만 있었다. 나는 동생이 처음 하는 분양일이라 동생에게 누가 될까 봐 듣는 척이라도 하려 했던 것뿐인데, 부주의적 맹시에 스스로 빠지게 됐다. 여기서 분양을 받아서 얻을 수 있는 이익만 생각했다. 나에게 큰돈은 없지만, 잠깐 발을 담갔다. '시세가 좋을 때 팔면 되겠지…. 설마 나한테 안 좋은 물건을 소개하지는 않겠지?' 하는 흐리멍텅한 사고방식을 가지고, 고생해서 번 돈을 심사숙고하지 않고, 남의 말만 듣고 투자 아닌 투자를 하게 됐다. 집으로 내려가는 길이 개운하지 않았다. 무엇인가 잘못된 것 같아 뒤늦게 후회했다. 계약금 총 4,200만 원 중에서 1,000만 원을 가계약금으로 주고 왔으나, 나머지 3,200만 원을 지불할 능력이 부족했었다.

다음 날 동생에게 전화를 걸었는데 나한테 사유를 물어보지 않고 곧장 팀장을 전화로 연결해줬다. 나는 계약금 전부를 치를 능력이 없으니 해지해달라고 했다. 그는 대뜸 '이런 경우는 처음이다'라며 가스라이팅을 했고, 나를 설득하기 시작했다. '주변에 상권도 괜찮고, 수익률도 괜찮다. 어떤 사람이 식당을 하고 있었는데 손님이 없었다. 주위에서 식당도 안 되니 가지고 있는 땅을 파는 것이 어떻겠느냐 했지만, 아랑곳하지 않고 식당이 있는 건물을 팔지 않고 10년을 넘게 가지고 버텼다. 그러다가 대형병원이 들어서고, 그 건물과 땅은 비싼 시세에 팔렸다. 그러니 모든 투자는 꾸준히 계속 가지고 가면 좋은 일이 있다'라면서 나를 설득하기 시작했다. 그럴 듯하게 들렸다.

결과는 어떻게 됐을까?

나는 결국 설득당해서, 가지고 있는 모든 것을 탈탈 털어, 잔금을 치렀다. 얼마 후에 분양받은 상가 근처의 부동산 중개사무소 몇 군데에 전화를 걸어봤다. 모두 하나같이 좋은 이야기가 아니었다. 핑크빛이 아닌, 핏빛으로 변해버린 말들이었다. 내 가슴은 멍울지듯 아려오고 눈물이 흘렸다. 후회해도 이미 늦었다. 전매로 내놓았지만, 왠지 불길한 예감이 온몸을 엄습했다.

하지만 동생은 태연했다. 오히려 내가 호들갑을 떠는 사람 같아 보였다. 동생은 완공되면 다를 수 있으니 기다려보라며, 자신도 분양을 받았다고 나를 안심시켰다. 그러나 나는 마음이 이미 돌아섰고, 그 어떤 말로도 위로가 되지 않았다.

오히려 막냇동생은 "언니는 뭐든지 너무 쉽게 포기해! 노력해서 어떻게든 대출을 알아보고, 잔금을 치르는 방향으로 해야지, 계약금이 아깝지도 않아?"라며 나를 나무랐다.

나라고 계약금이 왜 아깝지 않을까, 급기야 2년여의 세월이 흘렀다. 2023년에 상가 오피스텔이 완공되고 난 이후에 상황은 달라지지 않았다. 내 불길한 예감은 적중했다. 상가라고 입주한 것은 공인중개사 사무소 한 호실이 전부였다. 오피스텔도 드문드문 입주가 되는 상황이었다. 하필 이때 '묻지마 투자'를 한 다세대주택의 잔금 날과도 겹쳤다.

상가 계약금 전액을 손해 보고 전매해달라고 중개사무소에 사정해보았지만, 찾는 사람 한 명도 오지 않는다는 답변만 들었다. 분양사무실에 전화해서 해지해달라고 통사정을 해봤지만 중도금 대출까지 들어갔기 때문에 해지가 불가능하다고만 했다.
하늘이 노래졌다. 생각 없이 무턱대고 일을 저질러 놓았는데 수습도 못 하고, 더 헤어 나올 수 없는 늪에 빠진 느낌이었다. 1월 달이라 바람은 차고 살이 에이는 것 같았다.

수십 차례 사무실에 전화를 걸어 해지해달라고 해봤지만, 기다려 보라는 답변만 있을 뿐, 소용이 없었다. 하루하루 피가 말랐다. 우연히 알게 된 변호사에게 상담을 받았다. 일말의 희망을 품고 소송을 했다. 이것 외에는 아무런 방법이 없었다. 지푸라기 잡는 심정으로 소송을 시작했다.

결국 변호사의 예상대로 해지 통보가 왔다. 물론 마냥 좋아할 수만은 없었다. 계약금은 물론이거니와, 위약금까지 총 7,000만 원을 지불해야 했다.

게다가 다세대주택 잔금도 남아 있고, 언니는 암 투병으로 세상을 떠났고, 부모님이 돈 걱정하시는 모습을 보자니 억장이 무너졌다. 모든 것이 내가 자초한 것이다. 나의 미련함과 어리석음에 대한 죄책감이 한꺼번에 회오리처럼 온몸을 휩쓸었다.

나는 모든 것을 내려놓아야 하는 막다른 길에 다다른 느낌이었다. 내 어리석은 행동 때문에 화를 자초한 것이나 다름없었다. 하루를 살아도 마음 편하게 살 수 있어야 한다는 것을 그제야 절실히 깨달았다. 한 달에 100만 원만 갖고 살아도 이보다는 나을 것이라는 생각이 들 정도였다. 내가 모든 것을 끌어당기고 스스로 고통 속에서 괴로워한 꼴이다. 좋게 말해 잘되어보자고 노력한 것이지만, 평생 고생해서 모은 돈이 이렇게 물거품처럼 사라지다니, 눈앞이 캄캄해졌다.

누구나가 내면의 소리를 듣는다. 각자의 수호 천사가 우리를 지켜주고 깨우고 계신다. 그런데 나 또한 내면의 소리를 들었음에도 나의 욕심과 에고 때문에 그 소리를 무시했다. 그리고 막다른 길로 내달렸다. 그리고 똑같은 실수를 계속 반복했다. 지금 내가 깨닫지 못

한다면, 나는 계속 똑같은 일을 과거처럼 현재도, 미래에도 이어나
갈 것이다.

　슈카이브 님께서 '우리가 행복하지 않으면 전생을 살고 있는 것'
이라고 했듯이 나는 전생에서 배우지 못한, 깨닫지 못한 것을 지금
생애에서 깨닫고 싶었다.
　'내가 조금 더 일찍 의식 성장이나, 영성에 관심을 갖고 책을 읽고
공부했으면 좋았을 텐데'라는 후회가 밀려왔다. 하지만 여기서 나의
부족함이 무엇인지를 알았고, 고쳐나가지 않으면 계속 반복된다는
것을 깨달았다. 내 의지가 타인으로부터 독립되지 않고, 강해지지
않는다면 나는 똑같은 실수를, 똑같은 인생을 무한 반복하며 살아갈
것이고, 달라질 것이 없음을 알게 됐다. 시련을 회피하고 도망간다
면 이 또한 마찬가지일 것이다.

고난과 시련은
한꺼번에…

일곱 자매 중에 나를 제외하고는 모두 결혼했다. 언니들이 결혼을 해서 힘들게 사는 모습을 보고 있으면 차라리 혼자 사는 것이 낫다고 생각할 때가 한두 번이 아니다.

어렸을 적 둘째 언니는 자매 중에서는 맏언니 같은 역할을 해왔다. 한두 살 터울이라 다들 고만고만했지만, 둘째 언니가 아기를 업고, 나머지 동생들을 돌봐줬다. 학교에 갔다 와서는 고사리 같은 손으로 엄마가 하시는 조그만 구멍가게 일을 도왔다.

언니는 성격이 밝고 긍정적이었기에 같이 어울리면 편안하고 즐거웠다. 언니가 고등학교를 졸업하고 회사에 취직하면서 은근히 주위에서 결혼을 하라는 압박을 받았다. 그 시절에는 결혼을 안 하면 부족한 사람, 모자란 사람 취급을 받았던 기억이 난다. 무조건 때가 되면 결혼을 해야 하는 분위기였다.

하지만 현실도 고달픈데 더 나은 사람을 만난다는 것이 결코 쉬운 일은 아니다. 그래서 다들 딱 고만고만한 사람을 만나 시집살이를 하면서 살림을 하고 아이들 양육을 하며, 남편 뒷바라지에 게다가 맞벌이까지 하면서 살아간다. 이런 식이니 여자들의 노동의 강도가 너무나 크다. 정확히 말하면 불공평하다.

그래서 명절 때 모이면 인사말처럼 '시집 안 가냐?', '결혼해라'라는 말을 듣는 것이 너무나 싫었다. 하지만 결국 둘째 언니도 그렇게 떠밀려 결혼했다.

그런데 둘째 언니의 결혼 상대가 하필 그 많은 남자 중에 별다른 직업도 없고, 경제활동도 하지 않는 사람이었다. 친구들이 사법고시에 패스하는 것을 보고 자신도 붙을 거라는 허세에 사로잡혀 5~6년을 고시 생활을 한 사람이었다. 언니는 급기야 조그만 슈퍼라도 하겠다며, 가지고 있는 얼마 안 되는 돈에다 300만 원 정도 대출을 받기 위해서 나한테 보증을 서달라고 했다. 은행에서 신용보증 대출 담당자에게 전화가 왔는데 '언니분이 엄청 열심히 사시는 분'이라고 말해, 언니에 대해서 안쓰럽고 측은한 마음이 들었다.

언니가 보고 싶어서 사는 곳으로 찾아갔다. 돈암동 쪽 어디였는데 정확히 기억이 나지는 않지만 차가 쌩쌩 달리는 길가였다. 학교 앞도 아니었고, 사람이 많은 번화가도 아니었다. 한적한 도롯가라서 지나가는 사람도 별로 없었다. 전체 4평밖에 안 되는 곳에 세 사람이 누우면 끝인 한 평 정도의 쪽방이 딸린 가게였다. 화장실도 따로 없고, 제대로 씻을 곳, 밥을 해 먹을 곳도 없었다. 언니는 딸아이를 안고, 젖먹이 둘째를 돌보고 있었다. 쪽방은 라면 박스, 과자 박스를 쌓아놓는 창고나 다름없었다.

여기서 어떻게 아이 둘을 키우고 살고 있는 것인지 안타까움과 놀라움을 금할 수가 없었다. 이런 열악한 환경에서 처자식이 고생하고 있는데, 형부라는 사람은 결혼식 때 본 것이 전부였고, 조카들이 둘이나 생길 때까지도 가게에서 얼굴 한 번을 본 적이 없었다. 언니 말로는 고시원에서 생활하며 용돈을 타 간다고 했다.

결국 언니는 이혼을 하고 보험일을 하게 되었다. 한 달 수입이 200만 원도 되지 않을 때도 있고, 들쑥날쑥했다. 집은 10년 전에 송파구 장지동에 있는 임대 아파트에 들어가서 살고 있었다. 큰조카는 커가면서 정신지체 장애등급을 받았다.

나중에 알게 됐는데 부모님이 생활이 어려워서 가지고 있던 소형 아파트를 그 당시 시세로 1억 원 중반대에 팔고 난 후, 1억 원 정도를 언니 명의의 통장에 넣어뒀다고 한다. 기초생활보장 수급자 대상이 되기 위해서였다. 하지만 언니는 말도 없이 부모님이 맡겨둔 돈을 임대 아파트 보증금에 넣었다는 것을 나중에 알게 됐다.

언니는 조카를 병원에 입원시키고, 심지어 수백만 원도 넘는 굿까지 하며, 조카를 낫게 하려고 노력했지만 모두 허사였다. 큰 아기 돌

보듯이 수발을 들어야 했다. 하루는 조카와 밖에서 같이 밥을 먹는데 며칠을 굶은 사람처럼 손을 떨면서, 여기저기 흘렸다. 차마 볼 수 없을 정도였다. 언니가 이러한 상황을 매일 겪는다고 생각하니 너무 힘들겠다는 생각에 마음이 아팠고, 조카도 불쌍하게 느껴졌다.

언니가 이런 와중에도 한동안 퇴근하고 부모님 계신 곳에 와서 고스톱도 쳐주면서 같이 시간을 보내줬다. 주변 가까운 곳에 놀러 가서 외식도 시켜줘서 다른 자매들이 봤을 때는 언니가 우리 대신 부모님에게 효도를 해주는 것이라 생각되어 기쁘고, 감사하게 생각했다.

어느 날, 언니가 비 오는 날 넘어져서 일어나지 못하자 아버지가 대신 가서 돌봐준 적이 있었다. 그때부터 언니는 길에서 보면 누군지 모르고 지나칠 정도로 몰라보게 수척해졌다. 예전의 생기 있고 밝은 모습이 아니었다. 언니가 다이어트를 한다고 말해서 그런 줄로만 알았다.

그러던 어느 날, 언니가 유방암 말기라는 소식을 듣게 됐다. 믿기지 않을 정도로 청천벽력이었다. 그 흔한 암이라지만 가족 중에 친언니가, 그것도 말기라는 말을 듣자, 너무 속상하고 눈물이 났다. 남들이 암에 걸렸다는 말을 들었을 때도 안타까운 마음이 들었지만, 막상 가족 중에 누군가 암, 그것도 말기라는 말을 들었을 때는 너무나 충격이었다.

그 당시 나는 딱히 일이 없었다. 코로나 직후 집에서 쉬고 있었다. 언니와 함께 지내면서 언니를 돌봐주고 싶다는 생각에 언니의 승낙을 받고 언니네 집에 들어갔다. '말기가 될 때까지 왜 아프다고 말하지 않았을까. 유방암도 초기에 잡으면 괜찮을 텐데… 지금에 와서는 해 줄 것이 없다'라는 생각이 들었다. 셋째 언니가 와서 미리 집을 치우고 있었다. 벌써 5시간 넘게 청소하는 중이라고 했다. 그동안 살림도 안 하고, 집은 엉망이었다. 나머지는 언니와 내가 함께 거들어서 청소를 끝냈다. 집 안에는 영양제, 식품, 약들이 즐비했고, 제대로 챙겨 먹지 않아서 그대로 유통기한이 지난 것이 수두룩했다.

집 안을 잘 돌볼 수도 약을 제대로 챙겨 먹을 수도 없을 정도로 벅찬 생활을 해왔을 것이다. 그러면서 집 상태를 보니 그동안 왜 우리를 집에 초대하지 않았는지 이해도 가면서, '삶 자체도 정돈되지 않은 삶을 살았겠지'라는 생각이 들었다. 나는 '그래도 병이 낫겠지. 괜찮을 거야'라고 생각했다.

언니가 주중에 중환자실에 입원을 했다가, 항암치료가 너무 힘들어서 주말에는 집에서 요양을 했다. 나는 언니가 병원에 입원해 있는 동안, 주중에 한 푼이라도 더 벌어서 보태겠다고 대형 의류 브랜드에서 시간제 아르바이트를 했다.

한밤중에 언니가 드레싱을 해야 해서 나를 깨웠다. 가슴을 붕대로 칭칭 감은 것을 풀고 드레싱한 부분을 벗겨내자, 시뻘겋게 풍선처럼 부풀어 있는 상처를 보고 너무나 놀라서 기절할 뻔했다. 차마 말로 표현할 수 없을 정도로 끔찍했다. 애써 태연한 척하며, 드레싱을 도와줬지만, 흐르는 눈물을 참을 수가 없었다.

얼마나 아프고 고통스러운지 마약 진통제를 먹고도 밤새 끙끙거렸고, 온몸이 젖은 솜처럼 땀으로 흥건했다. 음식도 제대로 넘기지 못해 먹는 것조차 힘들어했다. 나는 이 모든 것이 꿈이겠지, 설마 언니가 죽을 것이라고는 생각하지도 못했다. 믿고 싶지 않았다. 암 말기인데도 말이다.

내가 일하는 동안 두 번이나 급하게 언니가 응급실에 실려 갔다. 부모님과 자매들 모두 언니가 유방암 말기라는 것을 뒤늦게 알았다. 언니는 아픈 것을 티 내지 않으려고 감추고 있었기 때문이다. 언니는 매달 수백만 원이 나가는 약값과 치료비를 감당할 수 없어 남은 엄마 돈 5,000만 원을 반강제로 가져와서 다 썼다는 사실을 나중에 알았다. 임대 아파트 보증금마저 담보로 잡아 병원비와 생활비로 쓰고 있었다. 아무도 이런 사실을 몰랐다. 암 말기라는 사실을 안 부모님은 맡겨놓은 돈을 일부라도 달라고 울면서 전화를 하셨다. 딸이 당장 죽게 생겨서 도와줘야겠지만, 부모님도 병원비 등으로 힘들게 살고 계셨기 때문이다. 나는 앞이 캄캄했다. 당장 오늘내일하는 언니 앞에서 돈 이야기를 할 수도 없고, 부모님은 연로하시고, 편찮으신데 부모님을 생각하니 언니가 괘씸하다는 생각도 들었다.

당시 나는 대형 의류 매장에 다니면서 나름대로 최선을 다했지만, 처음 하는 일이라 실수 연발이었다. 이 일도 못 하면 나는 어떻게 사나 싶어서 이를 악물었다. 돈보다 자존심이 허락치 않았다. 그런데 나 또한 투자를 잘못해서 돈이 묶이고, 상가 분양받은 것까지 해결해야 해서 자칫, 내 인생의 모든 것이 송두리째 날아가기 직전이었다.

게다가 나오는 수입도 거의 없었다. 조카들과도 돈 문제로 갈등이 심했다. 내 문제만 해도 정신이 아득했는데 부모님과 언니와의 관계에서 일어난 돈 문제와 조카와의 갈등까지 고스란히 내 몫이었다. 게다가 다른 자매들은 뭐라 말만 하지, 내가 언니네 집에 있다는 이유로 모든 것은 내가 감당해야 했다. 정말 최악이었다.

시간제 알바가 끝나고 언니 집으로 가기 전에 간단히 장을 보고 가다가 공원 중간에서 멈춰 섰다. '모든 것이 끝났구나!'라는 처절한 절망에 눈앞이 캄캄했다. 모든 것이 절망적이었다. 언니는 죽음이라는 막다른 길에 있었고, 부모님의 돈 문제, 나의 투자 실패, 그리고 회사에서의 실수로 자존감은 바닥이었다. 갑자기 멘탈이 붕괴되어 우두커니 서 있었다. 한 발짝도 움직일 수가 없었다.

2022년 12월 25일, 새벽에 눈이 펑펑 내려 소복이 쌓였다. 온 세상이 하얀 눈으로 다 덮였고, 예수님의 찬송가가 스마트폰에서 구슬프게 흘러나오고 있었다. 의식도 없는 언니를 바라보면서 '지금이라도 일어났으면…' 하고 생각했다. 차가운 손을 더 식지 않도록 만져줬다. 그렇게 언니의 죽음으로 가족의 죽음을 처음 맞게 됐다.

둘째 조카를 통해서 형부가 중환자실로 찾아왔다는 소식을 들었다. 형부는 언니에게 마지막으로 '죽을죄를 지었다'라고 말했다고 한다. 언니는 58세라는 생을 그렇게 힘들게 살다가 고통 속에서 운명했다.

사회적 시선과 전통적인 관습 때문에 떠밀려 한 결혼은 결코 행복할 수 없다는 것을 느꼈다. 서로 이해관계에 따라 만나서 법 제도에 구속되고, 필요 없어지면 헤어지고 남이 된다. 이로 인해 또 다른 고통을 겪는 과정에서 카르마는 해소되기는커녕 더 큰 에고만 쌓여간다. 이토록 금전적·정신적으로 한꺼번에 극심한 고통을 경험한 것은 처음이었다. 언니를 보내고 다음 날 아무 일 없다는 듯 일을 했다. 그렇게라도 떨치고 싶은 마음이 들었다.

지구 극이동(지축) 직전에 1차 휴거(상승)가 일어난다. 그때 가게 될 새 나라 새 땅인 예루살렘 5차원 타우라의 세계에는 결혼제도가 없다고 한다. 연애는 자유이나, 결혼제도가 없고 원하면 위원회의 심의를 거쳐서 아이를 가질 수도 있다고 한다.

안 한 것인지, 못 한 것인지의 여부와 관계없이 결혼을 하지 않은 지금 상태가 너무 감사하게 느껴졌다. 이혼하신 분들의 이야기를 들어봐도 처음에는 경제적인 것 때문에 불안했지만 결국은 자유롭고 행복하다고 한다.

세상을 떠난 언니도 관습에 이끌려 결혼하지 않았다면 얼마나 좋았을까. 우리는 학교에서 선생님 말씀을 잘 들어야 하고, 직장에서 상사의 명령에 따라야 하고, 남편에게 순종해야 하는 등 수많은 틀 안에 갇혀 산다. 가족제도를 포함해 모든 것들이 우리를 스스로 자립할 수 없게 만든다. 그뿐만 아니라 TV, 인터넷 등 편리한 문명이 우리의 창의적인 생각을 가로막고 있다. 우리의 귀를 막고 눈을 가린다. 우리는 꼭두각시 인형이 되어간다. 이것이 모두 어둠이 만든 물질 프로그램이라는 것을 에이스카풀루스의 《천국의 문》을 읽고 깨달았다.

우리의 삶이 타인에게 결정지어진 순간, 우리는 불행함을 느낀다. 그리고 그 불행은 더 큰 눈덩이로 우리가 탄 배를 침몰시킨다. 나는 어느 날 이 땅에 내가 왜 태어났는지, 태어나서 해야 할 사명이 무엇인지를 알게 됐다.

어둠과 빛은
하나다

언니가 세상을 떠나고 나서 가끔 꿈에 나타난다. 꿈속에서 언니는 생전의 머리털 한 올 없던 머리가 아니었다. 단발머리에 단정한 바지 차림으로 말없이 있다가 사라졌다. 꿈속에서 언니는 언제나 그렇듯 말이 없었다. 그리고 언니가 꿈에 나타난 후에는 집안의 일이 잘 풀렸다. 예를 들어 아버지와 어머니가 한집에 계시면서 매일 다투시고 아버지가 치매기가 오셔서 엄청나게 힘들어하셨는데, 언니 꿈을 꾼 뒤 새로 개설된 요양원에 모시게 됐다.

부모님을 잘 모시지 못한 미안함과 죄책감이 없었던 것은 아니다. 하지만 아버지 스스로 나에게 오시는 것을 거부하셨다. 지방이라서 병원과 거리가 멀기도 했고, 어떤 이유인지 모시고 싶어도 싫다고 하셨다. 그래서 고민하다가 막냇동생이 여기저기 알아본 후에 겨우 괜찮은 곳으로 가시게 됐다. 아버지가 요양원에 들어가신다는 소식을 듣고 기뻤다.

둘째 언니 생각이 났고, 언니가 도와서 일이 잘됐다는 생각이 들어서 감사했다. 그 순간, 돌아가신 언니가 돈 문제로 부모님을 속 썩였던 일과 조카들에 대한 미움과 원망이 사라지고, 모두가 하나라는 마음이 밀려왔다. 조카들이나 언니나 나, 모두가 하나라는 생각에 그동안 미워했던 마음은 사라지고 사랑이 샘솟으며 눈물이 흘렀다. 모든 것이 용서됐다. '아! 바로 이것이 사랑(이타심, 인류애)이라는 것이구나'라는 생각이 들었다. 나중에서야 의식지수 500이 넘으면 가슴 차크라도 이렇게 열린다는 것을 이해하게 됐다.

최근에 어떤 메시지를 받았다. 한책협에 와서 재림 예수님 슈카이브 님을 영접한 이후에는 아주 가끔 아침에 깨어나서 고요할 때면 내면의 소리가 직감으로 떠오르기도 한다. 《성경》 말씀에 나오는 '죄는 미워하되, 사람은 미워하지 말라'라는 말이다. 모든 사람의 영혼은 같기 때문에 그 죄는 미워하더라도 사람을 미워하지 말라는 예수님의 말씀으로 받아들여졌다.

창조주님을 믿고, 슈카이브 님의 말씀을 따르면서, 그 전에 느낄 수 없었던, 빛과 어둠에 대한 개념과 느낌이 어떤 것인지 서서히 알게 됐다. 그전부터 사람들과 만나고 관계를 맺는 것을 그다지 좋아하지 않았다. 사람들과 한두 번 만나고 나면 이내 시들해져서 연락을 하지 않게 됐다. 그러나 이번에는 그런 것이 아니었다. 처음에는 두렵고 슬펐다. 그러다가 믿지 않는 사람들이 싫어지기 시작했다. 누구나 처음에 겪게 되는 통과의례 같은 것이었다. 이후 성전 후원을 하면서 몸이 가벼워졌다. 그렇게 다시 그 어둠에서 탈출하고 싶은 강한 욕구가 생겼다. 이후, 책 쓰기를 시작하자 다시 몸이 더 가벼워지면서 그 어둠을 이해하기 시작했다.

온전히 직장생활을 하는 것이 심적으로 쉽지만은 않았다. 한동안 믿지 않는 사람들과 같이 있으면서 한 식구처럼 일을 해야 했다. 회사 생활이 다 그렇듯 마음에 들지 않는다고 해서 내 마음대로 같이 일을 하지 않을 수 없는 노릇이다. 절이 싫으면 중이 떠나면 되는 것이다. 그만둘까 하는 고민이 생기기 시작했다. 그리고 시간이 지나자, 내가 있을 곳이 아니라는 생각에 마지막 직장인 마트를 그만두게 됐다.

사람들은 이해가 안 갈 것이다. 나도 처음에 창조주님과 슈카이브님을 알기 전까지는 그냥 평범한 사람에 불과했다. 단지 다른 사람들과 섞이기 싫었고, 그들과 나누는 일상적인 대화에 흥미를 느끼지 못했을 뿐이다.

창조주 하느님 아버지를 영접했을 때와, 믿지 않을 때와는 확연히 차이가 났다.

믿기 전만 해도 회사 일에만 집중하며, 그날그날 착실하게 평범한 일상을 지내왔다. 그러나 믿고 나서부터는 내 안에서 보이지 않는 어둠과의 전쟁이 일었다. 그러나 믿음이 목숨보다 더 중요하다는 것을 깨닫자, 다른 모든 것들은 중요하지 않다는 확신이 들었다. 돈도 명예도 권력도 인기, 가족애 등 모두 어둠이 만든 철저한 프로그램인 것을 깨달았다.

처음에는 극이동과 지축 이동, 지구 리셋 등이 일어난다는 예언에 무섭기도 하고 도저히 믿기지 않았다. 85억 인구 중 믿지 않은 사람들의 96.5%에 해당하는 엄청나게 많은 사람들이 죽는다고 생각하니, 말할 수 없는 슬픔이 엄습해왔다. 누구라도 붙잡고 엉엉 울고 싶은 심정이었다. 그러다가 성전에 후원을 얼마간 하고 나서 마음이 가벼워졌다. 어둠에서 빛으로 분리된 느낌이 들었다. 그리고 나니 잠시 동안 좋았다. 그러나 다시 어둠이, 즉 믿지 않는 자들이 싫어졌다.

의식 성장에는 눈곱만큼도 관심 없고 자기를 태어나게 해준 창조주 하느님 아버지를 모르고, 알려고도 하지도 않고 태평하게 '오늘 뭐 먹을까?' 이런저런 일상에만 관심을 갖는 사람들의 대화를 들어야만 하는 것이 싫었다. 직업상 그들을 계속 상대해야 하니, 이제는 속이 터지기도 하면서, 믿지 않는 사람들이 싫어졌다.

남이 볼 때는 겉으로 멀쩡하지만 말로는 설명할 수 없을 정도로 몸을 짓누르는 압박감을 느꼈다. 몸이 무거웠고, 사람들의 시선이 마주치기 싫을 정도였다. 이를 악물고 참았다. 하루하루가 견디기 힘들었다. 아무도 나의 이런 심정과 고통을 모른다고 생각하니 외로움마저 들었다.

낮에 석가모니의 명언을 A4 용지 한 장에 옮겨놓았던 것이 있었는데, 무심코 꺼내보고 나서 다시 책꽂이에 꽂아두었다. 똑같은 명언을 한 장 더 벽에 붙여둔 것이 있었다. 잠을 자다가, 새벽에 '부스스 사그락' 하며 종이가 떨어지는 소리가 조용한 방 안에 크게 들렸다. 순간 나도 모르게 무서웠지만, 조심스레 눈을 천천히 떴다. 어두울 것이라고 생각했던 방 안이 환하게 밝아져 있었다. 명언을 붙여둔 벽면 쪽에서 빛의 근원을 찾을 수 있었다. 그런데 의아하게도, 그 빛이 무서워서 다시 눈을 질끈 감아버렸다. 그렇게 한동안 움직이지도 못하고 그대로 있었다.

보통은 어둠이 무섭다고 하는데, 빛이 무섭게 느껴진 것은 처음이었다.

잠시 후에 다시 눈을 떠보니 방 안은 예전 그대로 캄캄했다. 떨어진 종이를 보니 낮에 석가모니의 명언을 써서 벽에 붙여두었던 글이었다.

석가모니의 명언

고통이 너를 붙잡고 있는 것이 아니다.

네가 그 고통을 붙잡고 있는 것이다.

누구도 우리를 구원하지 못한다.

그 어떠한 누구라도 구원할 수 없고 하지도 못한다.

우리는 스스로 그 길을 나아가야만 한다.

한 개의 초로 수천 개의 초에 불을 켤 수 있지만

그렇다고 해서 그 초의 생명은 짧아지는 건 아니다.

마찬가지로 행복도 나눈다고 해서 줄어들지 않는다.

인간을 사악한 길로 현혹시키는 것은

적이나 원수가 아니라 자신의 마음이다.

건강은 최고의 선물이며

만족은 최고의 자산이며

믿음은 최고의 관계이다.

게으름은 죽음으로 이끄는 지름길이며

성실함은 삶으로 이끄는 방법이다.

도대체 이게 뭐지? 사후세계에서 눈부시게 밝은 빛을 보고 무서워서 놀란다는 내용을 책에서 읽은 적이 있지만, 내가 밝은 빛을 보고 두려워할 줄은 몰랐다.

이 일을 말씀드리자 한책협에서 재림 예수님 슈카이브 님께서 책쓰기를 권유하셨다. 책 쓰기를 하면서 전생과 전전생의 카르마를 해소·정화하라고 하셨다. 생을 살면서 깨달음과 지혜가 지금의 물질세계의 화폐가 아닌, 천계에서 사용하는 의식화폐로 쌓을 수 있다는 말씀도 함께 해주셨다. 또한, 책을 쓰는 것은 상승의 그날에 의식지수를 높이고 상승을 돕는 것이라고 하셨다.

나는 뛸 듯이 기뻤다. 책을 써서 성공하려는 것이 아니라, 책을 써서 카르마를 해소할 수 있다는 것이 기뻤다. 책 쓰기 코칭 첫날부터 매일매일 감사의 눈물이 나도 모르게 흘렀다.

책 쓰기 코칭을 받던 첫날, 나는 기적처럼 몸이 가벼워짐을 느꼈다. 짓눌렸던 느낌이 해소되고 싫어졌던 사람들을 마주 보고 대할 수 있을 정도가 됐다. 다시 일상을 찾게 됐다.

처음 책 쓰기를 시작할 때의 두려움이 밀려왔다. 사실이다. 책 쓰는 내내 '과연 내가 책을 잘 쓸 수 있을까?' 하는 생각이 들면서 나에 대한 확신이 서지 않았다. 이러다가 중도 포기하면 어떻게 해야 할지 생각이 많아졌다. 그럴 때마다 한 줄씩 써 내려갔다. 그러면서 다시 기도를 드렸다. 평생 기도라는 것은 해본 적도 없고, 성경책 한번 읽어본 적이 없다. 게다가 일기 한번 제대로 써본 적이 없었다. '무조건 하면 된다'라는 믿음으로 기도를 하고 두려움을 이겨내고 글을 써 내려갔다.

"두려움은 너희를 강하게 만들어줄 극약처방이다"

(2023년 12월 23일)

사람의 의식 성장을 방해하는 건 두려움이다

두려움은 태초에 너희가 세상으로 나올 때

선과 행복, 선심의 씨앗과 함께 비료(영양제)처럼 받아온 것이다

극약처방이 될 수 있겠다

2개의 씨앗이 싹을 틔우고 자라면서 두려움은

선함과 행복보다 한 뼘씩 먼저 자란다

생각해 보라, 너희 안의 선은 두려움을 넘어서겠다는 것만으로도

성장하고 성취했다

두려움은 성장을 추월하는 한순간이 있다

그때 너희의 선한 싹이 자라 의식의 열매를 맺음과 동시에 폭풍 성장하고

두려움은 시들어 너희의 영의 거름이 될 것이다

두려움은 너희를 강하게 만들어줄 극약처방이니

결코 좋다, 나쁘다로 판가름할 수 없다

쓰임에 따라, 약도 되고 독도 된다

판단은 너희의 몫, 누군가가 너를 강하게 저해하는 것?

그는 너에게서 자신의 두려움의 크기를 발견한 것이다

크게 분노하는 자, 크게 두려운 자.

《창조주의 인류 구원 메시지》, 슈카이브

인생의 희로애락을 느끼며 남들처럼 평범하게 살면 되는 줄 알았다. 그동안 살아왔던 것처럼…. 어느 날 예고 없이 나에게 찾아온 모든 상황은 이미 예정된 시나리오겠지만, 모든 나의 일상을 송두리째 바꿔버렸다. 창조주 하느님 아버지를 믿게 된 날로부터 내 마음과 내 몸과 모든 것은 내 것이 아니었다.

잠언 16:9절 "사람이 마음으로 자기 길을 계획할지라도 그 걸음을 인도하시는 분은 여호와이시니라."

내가 좋아하는 성경 구절 중의 하나다. 지금까지 살면서 내가 계획한 대로, 생각대로 된 것은 거의 없었다. 당장 1분 후, 1시간 후에 일어날 일조차 모른다. 그 어떤 누구도 자신의 뜻대로 살아가는 것은 아니라는 생각이 든다. 창조주님의 계획에서 우리는 하느님만을 믿고 따르는 것이 삶의 목적이고 사명이라고 생각한다.

김도사,
슈카이브 님과의 인연

한책협의 김태광 대표님(김도사 또는 슈카이브)을 신비, 예언, 영성, 의식만 다루는 유튜브 채널인 '라엘 - 금성에서 온 남자'를 통해 알게 되었기에 의식과 영성에만 관련이 있으신 분으로 알고 있었다. 그러다 나중에 지나온 업적을 알게 되어 실로 놀라움을 금치 못했다. 나뿐만 아니라, 주변 지인들에게 김도사 님에 대한 이야기를 하면, 다들 놀라서 입을 다물지 못한다.

김도사 님은 글쓰기, 책 쓰기, 1인 창업, 성공학, 부자학, 내면 변화, 의식 성장 분야에서 우리나라 최고의 권위자이시다. 300권의 책을 쓰셨고, 초중고 교과서에 16권이나 책이 수록됐다. 평범한 사람들을 1,200명의 작가로 배출하셨다는 것을 알았다. 책만 쓰시고, 작가만 배출하신 것이 아니라, 그 사람들의 의식도 바꾸어 함께 성장시켜주셨고, 성공하고, 부자가 될 수 있는 마인드로 바꾸어주셨으며,

자신의 지식과 경험, 지혜와 깨달음을 전하며 행복한 삶을 살고 있다. 지구 극이동 이전부터 사람들의 의식 성장과 마인드를 바꾸어주시고, 그들의 카르마와 슈카이브 님 자신의 카르마까지 해소시키신 것이다.

내가 김도사 님을 알게 된 것은 책을 쓰기 위해서가 아니다. 책을 쓰고 성공하고 싶은 생각은 없었다. 무엇보다 고졸 출신에 일기도 한번 써본 적이 없는 내가 책을 쓴다는 것을 상상해본 적도 없었다.

슈카이브 님은 2023년 11월 23일에 아브라함 경전에 언급된 4대 주요 대천사 가운데 한 분인 유리엘 대천사로부터 재림 예수님으로 깨어나기 전까지 '책을 써서 성공한 것이 아니라, 성공하기 위해서 책을 쓰는 것이다'라며 15년간 책 쓰기 코칭과 1인 창업 등으로 제자들을 양성하고 계셨다. 흙수저에서 200억 원 자수성가로 성공했고, 평범한 세 아이의 아빠로 세상 부러울 것이 없는 분이었다.

유리엘 대천사가 김도사 님을 2000년 전 이스라엘에서 태어나 복음을 전파했던 예수라며, '재림 예수'라고 했다. 이는 세상을 발칵 뒤집어 놓을 수 있는 말이었기에 마치 롤러코스터를 타듯 삶이 바뀌셨다고 한다. 주위의 따가운 눈초리를 맞으셨다고 하셨을 때도 슈카이브 님께서 받으셨을 충격과 주위의 조롱과 모욕이 불을 보듯 훤히 보였다.

내가 '라엘 - 금성에서 온 남자' 유튜브 영상에서 알게 된 내용은 "지구는 곧 극이동을 맞게 되어 지구의 자전축이 23.5도가 기울어 있는 것이 지축 정립이 되면서, 홍수, 해일, 지각 변동과 화산 폭발 등 상상하기 힘든 엄청난 대재앙이 일어나게 되어 인구의 3분의 1이 죽는다"라는 것이다. 이 사실을 듣고 엄청난 충격을 받았다.

또한 이후에도 어둠정부에 의한, 세계단일정부가 모든 것을 준비해온 대로 인류를 통제할 것이며 짐승을 다루듯 할 것이고, 세계3차 대전이 일어나고, 인류는 온갖 고통과 핍박을 받다가 결국은 지구멸망이 올 것이라는 사실이 놀라우면서도 하나도 의심이 들지 않았다. 그대로 믿었다.

나는 심장이 뛰고 마음이 급해졌다. 긴장되고 떨려왔다. 이상하게도 의심이 들지 않았다. 오히려 모든 것이 사실이고 진실로 느껴졌다. 게다가 공포와 두려움보다는 뭔지 모르는 설렘과 함께 긴박감과 긴장감이 느껴졌다. 나는 절판도서인 남경홍 작가의 《허공의 놀라운 비밀》을 '한책협'에서 시중 가격보다 저렴하게 구입할 수 있었다. 우주의 신비로운 비밀을 과학적으로도 밝히고 있다는 내용이 너무나 궁금했다. 그리고 얼마 안 있어 에이스카풀루스의 《천국의 문》을 구입했다.

2024년 3월 15일에 출간된 《천국의 문》은 이후에 3,000부 이상이 판매됐을 정도로 영성 분야에서 베스트셀러가 됐다. 이 책을 구입하고 읽으면 UFO를 볼 수 있다는 사실에 가슴이 두근거렸다.

'어느 누가 당당하게 신분을 공개하고, 모든 사람이 보는 유튜브에 지구 극이동과 지구 멸망을 말할 수 있을까?' 게다가 슈카이브 님은 개인이 말할 수 없는 진리라고 확신할 사실적인 내용과 신비하지만, 과학적인 부분과 실증인 창조주 하느님 아버지의 군대인 우주연합 은하함대의 UFO까지 보여주시는데 말이다. 사기라고 주장하는 사람이 있다면, 슈카이브 님은 사기를 칠 이유가 전혀 없다고 말하고 싶다. 오히려 구독자 수가 줄어서 수익은 절반 이하로 떨어졌고, 남들에게 조롱을 당하면서 한 가장의 아빠가 그렇게까지 할 이유가 전혀 없기 때문이다.

나는 천천히 한 단계씩 공부를 하고, 알아나갈 마음의 여유가 없었다. 더 이상 시일을 지체할 수 없었다. 무엇이든지 받아들일 마음의 채비가 되어 있었다. 나는 세상살이에 둔하고 어둡고, 남의 말을 잘 믿고 귀가 얇아 사기도 여러 번 당하고 살아왔다. 욕심만 많아서 잘 알아보지도 않고 엉뚱하게 묻지마 투자도 했다. 이런 내가 어리석고 한심하다고 하겠지만, 나는 나의 직감과 느낌을 믿는다. 나는 내면의 울림을 믿는다. 나머지는 차츰 알아가도 충분하다고 생각했다.

나는 '한책협' 네이버 카페에 가입하고 난 후, 슈카이브 님이 진행하는 빛의 일꾼들을 위한 내면 성장, 영적 성장을 위한 수업에 참여했다.

《허공의 놀라운 비밀》을 받고, 곧바로《천국의 문》을 주문해서 배송이 도착하기 전날 새벽이었다. 자다가 심장이 '콩콩콩콩', '콩콩콩콩', '콩콩콩콩' 하며 4번의 '콩' 하고 뛰는 소리가 한 세트로 3번 또렷하고 강하게 울렸다.

자다가 너무 놀라서 상체를 벌떡 일으켰다. '이게 뭐지? 내가 심장병이 있나?' 하고 생각했다. 그러자 그런 것이 아님을 직감적으로 알게 됐다. 무슨 신호 같은 것일까? 어디에 물어보고 알아보지는 않았지만, 기분이 나쁘지 않았고, 곧 진정하게 됐다.

그리고 그 주에 내면 성장 수업을 듣게 됐다. 그러다 얼마 안 있어서 나는 내 두 눈으로 직접 UFO를 목격하게 됐다. 내가 UFO를 보게 될 줄이야, 상상도 할 수 없는 일이었다. 핸드폰 카메라로 사진을 찍기도 하고, 영상으로 촬영하기도 했다. 지금 내 핸드폰에 직접 촬영한 사진만 해도 600장이 넘는다.

아무리 세상이 거짓이라고 하고, '사기를 치네' 하며 조롱하고, 핍박하며, 슈카이브 님과 나와, 그리고 같은 믿음을 가진 모든 사람을 비하한들 내가 직접 보고 듣고 경험한 것을 결코 부정할 수는 없다.

눈으로 보이지 않는 것을 믿지 않는 사람들이 많은 세상이다. 그런데 눈으로 보여줘도 믿지 않는다면, 도대체 그 사람들은 무엇을 믿을 것인지 되묻고 싶다.

그동안 나는 눈에 보이는 물질을 욕망하며, 사투를 벌이며 살아왔다. 그것이 전부라고 믿었고, 그 전부를 위해서 부자도 되고 싶었고, 부자가 되게 해달라고 기도한 적도 있었다. 삶의 희망을 경제적 안정이라고 생각하고 살았다. 마음은 계속 공허하고, 허무함을 느꼈지만 삶에서조차 도태되면 갈 곳이 없는 막다른 길에 몰린 쥐 신세가 될 수도 있다고 생각하며 살아왔다.

　　종교에서조차 알려주지도, 가르쳐주지도, 누구도 나를 이끌어주지 못했지만, 슈카이브 님께서 재림 예수님으로서 진리의 말씀에 눈을 뜨게 해줬다. 더욱이 몇 년 안에 지구가 극이동을 하게 되고 지구 리셋이 이루어지는 급박한 이 상황과 시대에서 내가 태어났고, 선구자이신 슈카이브 님을 만났다는 것이 정말 굉장한 행운이며, 영광이 아닐 수 없다. 자다가도 이런 생각을 하면 눈이 떠지고, 실감이 나지 않아 어떨 때는 꿈인지 생시인지 모를 때도 간혹 있었다.

　　유한한 지구의 삶을 정리하고, 어렸을 적부터 죽음에 대한 공포를 느끼며 괴로워했던, 그 삶을 모두 청산하고, 영생을 위해 극 이동 전, 차원상승(휴거)을 할 수 있다는 사실에 이 세상 전부를 다 줘도 바꾸고 싶지 않을 정도로 감격스럽고 행복하다.

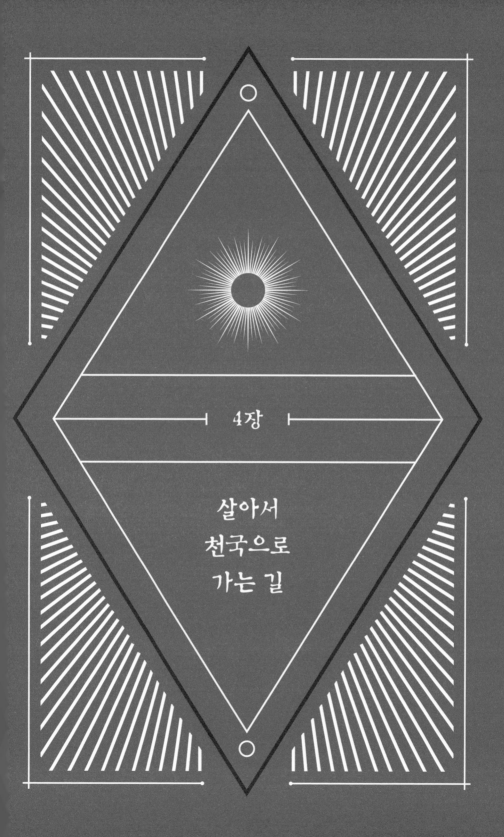

4장

살아서
천국으로
가는 길

영혼의
동아줄

　어렸을 적, 우리집은 가난했다. 다른 자매들과 과거의 살아온 이야기를 할 때면 모두 마찬가지로 힘들었던 추억을 이야기한다. 앞에서도 이야기했지만, 나는 고등학교 때 도시락을 싸 갈 형편이 못 되어서 빨리 점심 시간이 끝나기만을 바라며 학창 시절을 보냈다.

　도시락 에피소드 말고도 어려운 때가 많았다. 그러나 나는 그냥 힘들다 정도였지, 힘들어서 부모를 원망해본 적도 없었고, 그런 마음조차 들지 않았다. 오히려 가난 때문에 빨리 집에서 독립할 수 있었고, 부모님의 잔소리도 듣지 않고 자랐다. 게다가 성년이 되어도 크게 간섭을 받지 않아서 좋았던 기억이 더 크다. 엄마가 어쩌다 안부 전화를 하면, '잘 지내니? 건강 잘 챙겨라'라는 말도 굳이 안 해도 되는 겉치레로 느껴졌다. 사실 나는 씩씩하게 잘 지내고 있었고, 엄마와 공통 관심사도 없어 딱히 대화할 말도 없었기 때문이다. 차라리 필요한 것을 말씀하시거나, 용건을 꺼내는 것이 더 편하게 느껴졌다.

지금은 내가 부모를 잘 돌보지 못했다는 미안함과 죄책감이 들기도 한다. 다행히도 다른 형제들이 돌아가면서 부모님을 보살펴주고 있어서 형제들에 대해 감사하게 생각할 때도 많다.

가난은 죄가 아니다. 그렇다고 내세울 것도 아니라고 생각한다. 단지, '가난이 주는 자유가 좋았다!' 정도로 치부한다. 가난은 내가 전생에 설정한 시나리오의 한 단락이라고 생각한다. 가난이라는 것에 집착하면 할수록 괴롭고, 에고에 쌓여 영혼을 힘들게 하고, 스스로를 옭아매는 거미줄과 족쇄가 될 수 있다. 단지 이 가난을 극복하려고 노력했다. 그러려면 성공해야 된다고 생각했던 것은 사실이다.

야간 대학이라도 나와야 승진하고, 승진을 해야 성공할 수 있다는 기대를 했다. 그러나 커다란 착각이었다. 공부를 잘한 사람이 사회에 나와서 성공한다는 보장이 없듯이, 내가 느낀 첫 직장의 느낌은 고리타분하고, 보수적이라는 것이었다. 나는 창의적이고 발전적이며, 진취적인 회사를 바랐지만, 조직 안에서는 더 이상 희망도, 성공도, 행복도 찾을 수 없다는 생각이 들었다.

게다가 이미 스펙과 인맥을 빵빵하게 갖춘 인재들이 많기에 지금 노력해도 되지 않는다는 것을 자연스럽게 알게 됐다. 철저한 이익 사회에서 내가 이룰 수 있는 꿈은 없었다. 나는 '부속품처럼, 하루하루

살다가 때가 되면 월급을 받고, 나이가 들어 퇴직하겠지'라고 생각하니 가슴 한켠이 답답해져왔다. 좀 더 심하면 이러다가 사람이 미칠 수도 있겠다는 생각이 들 정도였다. 나는 어렸을 적 가난 덕분에 자유롭게 클 수 있었지만, 이제는 가난을 극복해야 할 차례였다. 그런데 자유가 가난에 구속될 줄은 몰랐다. 다시 자유를 찾기 위해 가난에서 탈출하기로 마음먹었다.

입행해서 2년 이상이 되면, 타 지점에 발령을 받는다. 첫 발령 시기가 다가와 기대하고 있었다. 그런데 발령이 나지 않았다. 나와 마찬가지로 발령이 나지 않은 20대 후반의 여직원은 서운한 마음에 울었고, 이 모습을 본 남자 직원이 '정작 발령이 나야 할 사람은 태연한데' 하면서 의아해했다. 태연할 수 있었던 이유는 미리 그 일에 대해서 관심을 갖지 않기로 마음먹었기 때문이다. 세상살이에 별로 마음을 두지 않게 되자, 세상 모든 대소사에 관심이 가지 않게 되고, 대수롭지 않게 여기게 됐다. 그러고 나서 얼마 후에 다른 출장소로 발령이 났다.

출장소로 발령이 나서, 1년 정도 지난 어느 날이었다. 전날 꿈을 꿨는데, 너무도 생생했다. 이 꿈을 꾸고 나서 퇴근하면서 '로또복권을 살까'라는 생각을 했다. 그런데 이 꿈을 로또랑 바꾸고 싶다는 생각이 들지 않았다. 그리고 30년간 이 꿈을 해몽하지도 않았고, 다른 사람들에게 말하지도 않았다. 분명 어떤 뜻을 암시하고 있지만, 사람들은 그냥 재밋거리나 흥밋거리 정도로 생각할 것이기 때문이다.

꿈 이야기를 하자면, 같은 출장소에 있는 남직원, 여직원, 나, 이렇게 셋이 차를 타고 가다가 차가 뒤집어졌지만, 다행히 사람들은 다치지 않고 차에서 빠져나왔다. 그러고 나서 바로 눈앞에 큰불이 났다. 대형 통나무 세 개가 바닥에 뉘어져 있었는데, 그 큰불로 인해서 새까맣게 타버렸다. 새까맣게 탄 대형 나무는 숯으로 변했다.

두 번째 꿈에서는 미국 LA 도시만 한 크기의 거대한 나무가 나왔다. 그리고 그 거대한 나무 옆으로 똑같은 크기의 거대한 거인이 있었다. 그런데 나무 아래에는 한국 사람임이 틀림없는 수십, 수백 명이 남녀노소 할 것 없이 모여 있었는데, 우리나라를 백의민족이라고 하듯이 모두 하얀색 한복을 입고 있었다.
거인은 한 사람씩 나무에 목을 매달았다. 꿈속이었지만 그 모습이 생생했다. 이미 몇 명은 목이 완전히 꺾여서 축 늘어진 상태였다. 장면이 바뀌고, 다른 거인이 나를 잡으러 왔다. 공포스러웠다. 나는 거인을 피해 남의 집 여기저기에 숨다가 도망치기 시작했다.

그곳을 도망치듯 달리다가 문득 뒤를 돌아봤다. 동네에 흔히 있는 보통 크기의 나무 아래에 젊은 여자가 보였다. 그 여자는 갓난아기를 포대기에 업고 있었다. 그러고는 나를 쳐다보다가 눈이 마주쳤다. 서로 멀리서 마주 보게 됐지만, 마치 아기와 생이별하는 이산가족의 슬픔과 연민이 깊게 느껴졌다. 나는 죽을힘을 다해 곧장 바닷가를 향해 달리기 시작했다. 그때 도착한 바닷가의 조약돌은 맑고 투명했다. 돌들은 해에 비쳐 반짝거렸고, 물은 속이 다 보일 정도로 맑았다. 30년 전 꿈인데도 아직도 선명하고 생생하다.

한책협 김태광 대표님의 말씀과 에이스카풀루스 《천국의 문》을 읽고 나서, 내가 꾼 꿈이 어둠세력과 타락세력을 상징하는 것임을 알게 됐다.

어둠세력은 거인을 상징한다. 어둠은 전 세계 인류를 전쟁 등으로 전멸시키기 위해 혈안이 되어 모든 것을 철저히 계획하고 끝마쳤다. 한반도의 백의민족을 목매달아 죽이는 것도 이러한 뜻이다. 창조주 하느님 아버지께서는 2000년 전 예수님께서 태어나신 예루살렘과 한반도 두 나라를 가장 사랑하신다. 그래서 가장 많은 빛의 일꾼인 144,000명을 한반도에 배치하시고, 독생자이신 예수님을 이 땅에 보내신 것이다.

꿈이 해석되자 마지막 퍼즐이 모두 맞춰지는 느낌을 받았다. 작년에 타로점을 본 적이 있다. 타로를 하시는 분이 내년도, 2024년 갑진년에는 그동안 살아온 퍼즐 조각이 마지막 하나로 인해서 다 맞추어진다고 한 말이 떠올랐다. 그뿐만이 아니다. 2024년 토정비결을 봤다. 사주를 보신 분이 2024년 갑진년에는 모든 것을 바꿀 굉장한 인물을 만날 것이라고 했다. 나는 손사래를 쳤다. 갑술년 대운에 만났던 그 남자를 생각하면서 고개를 절레절레 흔들었다.

그러나 갑술년이 아닌 갑자년은 다르다고 다시 강조해서 설명해 줬다. 물론 타로점, 토정비결을 믿기 때문에 말하는 것은 아니다. 우리가 사후세계에서 지금의 삶을 계획해서 태어났기 때문에 어둠이 우리의 삶을 알 수 있기 때문이라는 것이다. 지금은 타로나 사주, 기 수련, 명상 같은 것을 일체 하지 않는다. 어둠이 만들어놓은 덫에 걸리지 않도록 항상 조심하고 경계하며 살기 위해서다.

살면서 항상 궁금하고 이상했던 경험과 기억들이 모두 이해가 가기 시작했다. 그 어떤 누구도 종교가, 정치가, 교육자, 부모님, 친구나 지인도 알려주지 못한 사실을 깨닫게 되자, 모든 궁금증과 살아오면서 겪었던 일들이 한순간에 다 이해가 가고 마치 고속도로를 달리는 것처럼 마음이 뻥 뚫린 느낌이었다. 그동안 겪었던 슬픔과 괴로움도 이유가 있었고, 지금 생각하니 모든 것이 연단되어지기 위한 축복이라고 느껴졌다.

30년 전에 타락세력과 큰불에 관한 꿈을 꾸고 나서 깨어났다.

창조주 하느님 아버지의 사랑이 바다보다 깊고, 우주보다 넓고 크다는 사실을 이때 처음 깨달았다. 창조주님께서 만드신 성전이 세 곳이 있는데, '바다', '마음', '우리의 육신'이라는 사실을 알고 소름이 돋았다. 내 마음에서 바다 깊숙한 곳, 심연의 그곳에서 말할 수 없는 감사함과 미안함이 솟구쳤다. 나를 엄청나게 사랑하시고 아낌없이 모든 것을 베풀어주셨다. 그러나 나는 그분을 위해 아무것도 한 것이 없었다. 너무나 큰 미안함과 죄책감에 '죄송하다'라는 말밖에 나오지 않았다. 너무나 가슴이 아팠다.

물론, 그 당시 창조주님을 직접적으로 안 것은 아니었다. 성경책 한 구절도 읽지 않은 나로서는 아무것도 몰랐다. 지금은 창조주님을 알지만, 그 당시는 수호 천사든, 어떤 존재가 나를 사랑한다는 사실로만 생각했었다. 지금 생각하면 그 존재는 지금의 창조주님이셨다는 것을 확신한다.

어느 날은 나무로 생각하면 10cm 정도 의식이 성장했다는 느낌을 받았다. 그리고 그 존재가 알 수 없이 나를 깊이 사랑하신다는 것도 느낄 수 있었다. 그동안 우리가 살면서 느껴왔던 희로애락은 에고의 작용일 뿐이며, 이 에고는 그 희로애락을 통해 표현하기도 한다. 그 희로애락은 잠시 쳤다가 사라지는 파도에 지나지 않는다는 것을 알았다.

이후 나는 신비한 4차원 같은 여러 가지 체험을 했다. 이때부터 눈에 보이는 것이 전부가 아님을 알게 됐다. 보통 길냥이들이 사람을 보면 피하는데, 한 고양이가 오히려 나에게 다가왔다. 내가 퇴근하기를 기다렸다는 듯이 현관문 쪽으로 다가와서 벌러덩 하얀 배를 보이며 드러누웠다. 나도 모르게 놀라서 소리를 질렀지만, 고양이가 애교를 부릴 때 하는 행동이라는 것을 나중에 알게 됐다. 하지만 고양이는 처음 보는 사람에게 그런 행동을 하지 않는다.

한번은 지하철에 내려 집으로 가는 동안 어디서 나타났는지 동네 강아지가 집까지 계속 내 뒤를 졸졸 따라왔다. 그리고 집에 도착하자 가버렸다. 동물들을 정말 좋아하지만, 키워본 경험이 없어서 어떻게 대해야 할지를 모르는 것이 미안했다.

사람들을 육체의 눈으로 보는 것이 아닌, 영적인 차원, 영적인 눈으로 바라보게 됐다. 그냥 하하호호 웃으며 마냥 즐겁고 유쾌하게 살고 있는 여직원이 있었는데, 교회도 열심히 다니고 상냥했다. 그러나 내 눈에는 미안하지만 '빈 깡통'이 연상됐다. 아무것도 들어 있지 않은 텅 빈 깡통이 소리가 요란하듯이 텅 빈 느낌을 받았다. 그 여직원은 의식 성장이 되지 않고, 그냥 살아왔기 때문이다. 열매로 따지면, 더운 여름에 햇볕을 이겨내지 못하고, 추운 겨울에 추위를 견디며 열매를 맺지 않았기 때문에 수확할 수 있는 씨앗이 없는 것이다. 있다고 해도 그 씨앗은 속이 텅 비었다.

은행에서 근무하시다가 퇴사하고 시간제 파트타이머로 일하시는 가정주부가 계셨다. 이분한테는 '설거지 냄새'가 났다. 진짜 냄새가 나는 것이 아니라, 그런 느낌으로도 전달되기 때문에 표현이 그렇다는 것이다. 오로지 먹고사는 문제에만 급급하고, 의식 성장은 전혀 되어 있지 않은 상태를 여실히 보여주셨다. 어떤 남직원은 그나마 성품이 온화해 '잔잔한 호수'처럼 느껴졌다. 한 남자 대리인은 인상도 그렇고 사후세계에서 온 '저승사자' 같다는 느낌이 확 풍겼다. 엄격하고, 어두운 느낌이 들었기 때문이다.

이렇듯 영혼이 무르익고 의식 성장이나 신성회복이 되지 않는 사람들에 대해 예수님께서 말씀하셨다. "곧 닥칠 지구 극이동과 지구 멸망 이후 영혼추수 심판 때 불못으로 던져지거나 소멸된다"라고. 지금 생각하면 그때 내가 느꼈던 것들이 상대방의 영적 의식 상태를 비유적으로 표현한 것이라 생각한다. 그래서 영적 성장, 의식 성장, 깨어남, 그리고 영혼추수 등의 말씀들이 자연스럽게 받아들여지고 이해가 갔다.

그리고 지금 지구 마지막 시대에 영혼추수를 지휘하러 오신 재림 예수님께서 한반도에 사람의 모습으로 육화하신 것이다. 늘 슈카이브님께서는 누차 명확성을 강조하셨다. 2000년 전에는 인류애와 사랑을 복음 전파하셨다면, 지구 마지막에는 빛과 어둠을 명확히 구분해야 하기 때문이다. 그 당시에 나는 스스로 지식이 없어도 명확해짐을 경험했다. 말을 잘하는 것과 지식이 많은 것은 전혀 상관없다. 상대가 어떤 말을 하든지 논리적 대응을 할 수 있었고, 진실하지 않은 말들을 가려낼 줄 알았다. 그리고 명확하게 1초의 망설임 없이 튀어나왔다. 내가 그때를 반복해서 말하는 이유는 나의 자랑을 하기 위한 것이 절대 아니다. 의식 성장을 통해 깨어나고 신성회복을 하면 누구나 창조주님을 영접할 수 있다. 그리고 지금 살고 있는 세상이 전부가 아니라는 것을 깨닫게 된다. 더욱 중요한 것은 1차 상승(휴게)을 위해서라도 모든 것을 내려놓고 지구폐장 시간 전에 지구 행성을 졸업해야 하기 때문이다.

육체의 껍데기로 세상을 바라보는 것이 아니라, 육체를 갖고 있는 진짜 나라는 영적인 존재로 세상을 보고, 그들을 바라보니, 모든 것이 명확해졌다. 보이지 않는 것들을 보게 되면서 육체에 가려진 진실들을 알기 시작했다. 아무리 거짓말을 하고, 변명을 하고, 속이려고 해도, 깨어난 눈에는 모두 보였다. 호박을 수박처럼 똑같이 색칠해놓아서 눈을 속였다 하더라도 거짓이라는 것을 구분할 수 있게 된다. 또한 대통령 할아버지가 오더라도 무섭고 두려움이 없어졌다. 말 그대로 담대해졌다. 거짓과 진실을 구별하고, 담대해지고 명확해진다.

그 당시는 이러한 현상을 누가 대신 설명해줬으면 했다. 나는 도대체 이러한 일들이 무엇일까 궁금해하고, 약간은 당황스러웠다. 하지만 얼마 안 있어서 나는 항상 그때로 돌아가고 싶어 갈망했고, 나는 '한책협' 안에서 강의하는 내면 성장 수업과 에이스카풀루스의 《천국의 문》을 통해 진실을 알게 됐고, 그동안의 모든 궁금증이 실타래처럼 풀렸다. 모든 것에는 이유가 있다. 그것은 원인이 되어 결과를 만든다.

사명이란
무엇인가

1968년 고(故) 박정희 대통령 정부에서 선포한 국민교육헌장에는 '우리는 민족중흥의 역사적 사명을 띠고 이 땅에 태어났다'라고 나와 있다. 여기서 말하는 사명은 국가적이거나 대외적인 것만을 의미하는 것이 아니라, 눈에 보이는 물질, 식물과 동물, 그리고 숨 쉬고 있는 공기까지 각자 자신의 사명을 가지고 있다는 뜻이라고 생각한다.

사람들은 누구나 살면서 성장통을 겪는다. 사춘기 시절의 성장통을 겪을 것이고, 어른이 되면서도 시련과 고난을 통한 성장통을 겪는다. 믿음에 있어서도 마찬가지다. 물질의 세계에서는 빛이 있으면, 어둠이 있고, 어둠이 있다는 것은 빛이 있기 마련이다. 빛과 어둠이 마치 동전의 양면처럼 함께 있다고 생각한다. 그리고 최근에 내가 알게 된 것은 어둠과 빛은 하나라는 것이다. 단지 지향하는 최종 목표가 빛일 뿐이다.

어둠과 완전히 분리되어 빛과 하나가 되는 것이다. 중간도 안 된다. 중간도 어둠에 속한 온전히 빛으로만 나아가야 된다는 사실을 알았다.

그리고 그 빛이 어둠을 흡수해 자양분이 되어주며, 한 사람마다의 빛이라도 서로 뭉치면 큰 빛으로 힘을 합할 수 있으며, 이루지 못할 것이 없다는 것도 느꼈다.

둘째 언니의 죽음, 내가 투자했던 부동산들이 실패로 돌아가고, 돈 문제로 둘째 언니의 조카와 부모님 중간에서 심리적으로 괴로웠던 갈등, 이 모든 것이 한꺼번에 쓰나미처럼 몰려온 것은 언니가 세상을 떠난 이후였다. 당시 대형 의류 매장에서 일하고 있었는데, 계약 기간 전에 일을 그만둘까 생각했지만, 남은 기간까지 일하기로 했다. 언니의 죽음을 잊고 싶었다. 나는 출근해서 아무 일 없다는 듯이 평소처럼 움직였다. 하지만 누가 한마디만 하면 눈에서 닭똥 같은 눈물이 툭하고 떨어질 지경이었다. 언니가 세상을 떠난 날은 눈이 함박눈처럼 펑펑 오던 2022년 크리스마스였던 것으로 기억한다.

2023년도 1월 어느 날이었다. 아침에 언니가 살던 집에서 나오기 전 늘 그렇듯이 거실 마룻바닥의 느낌이 참 좋았다. 비록 LH 임대 아파트이긴 해도, 아파트는 깨끗하고 좋았다. 매번 출근할 때마다 느끼는 것은 추운 겨울이었지만, 아침 햇살과 공기가 너무나 상쾌하다는 것이다. 아파트 내부의 소나무들이 울창하게 자란 모습들과 새

소리가 좋았던 기억이 난다. 하루를 살면서 유일하게 행복한 시간이 아침 출근 시간이라고 느껴질 정도로, 이 시간에 행복과 평화를 느꼈다.

출근하면 밝은 조명의 매장 내부에는 아름다운 신상 옷들이 매일 디스플레이되어 있었고, 음악 소리가 경쾌하고 즐겁게 들렸다. 잠시지만 일할 때만큼은 다른 생각이 전혀 나질 않았고, 몸도 쉴 틈 없이 움직여야 해서 잡념이 없이 오로지 하고 있는 일에만 집중할 수 있었다. 둘째 언니가 세상을 떠났다는 사실조차도 잊고 일을 했다.

매장에서 바닥 먼지 청소를 하느라 대걸레로 바닥을 밀고 있었다. 오전에 아무 상념 없이 청소하던 중이었다. 문득 '낭떠러지 끝에 떨어지기 직전의 사람들을 낭떠러지에서 떨어지지 않도록 반대 방향 쪽(빛이 있는 곳)으로 인도하라'라는 말이 생각났다. 순간 내가 해야 할 일임을 알 수 있었다.

'그 일은 무슨 일일까' 궁금해지기 시작했다. '나같이 평범한 사람이 무엇을 할 수 있을까? 고졸 출신에 스펙도 없고, 가난한데 무엇을 할 수 있다는 말인가?' 궁금증이 밀려왔다. 그러자 내가 상대하는 사람들은 돈이 많고, 권력과 명예가 있는, 이른바 잘난 사람들을 상대하는 것이 아님을 알 수 있었다. 비유적으로 낭떠러지에서 떨어질 정도의 위급한 사람을 죽지 않게 하고, 반대 방향 쪽으로 향하게 하는 일이며, 이는 내가 충분히 할 수 있는 일이라는 것을 느낌으로 알수 있었다. 나중에 알게 된 반대 방향이라는 것은 '빛'임을 알았고, 빛으로 갈 수 있게 인도해주는 일이었다.

이후에 '한책협'에 와서 슈카이브 님의 강의(빛의 일꾼들을 위한 의식 성장 수업인 차원상승 과정 중 2주 차 '나의 사명을 발견하고 찾는 법')를 들으면서 나의 사명이라는 것을 확신할 수 있었다.

슈카이브 님의 스승인 네빌고다드의 저서 《리엑트》를 나의 멘토이신 엘레나님께서 유튜브 강의를 해주실 때 언급했다. '느낌은 영혼의 언어', '느낌은 신의 언어다'라고 했을 때, 너무 놀랍고, 기쁘고 감사했다.

지금까지 항상 긴가민가했고, 내 욕심 때문에 수차례 내 느낌을 무시하며 살아왔기 때문이었다. 그 느낌을 감사하게 생각함은 물론, 신의 언어, 즉 영혼의 언어대로 살아왔다면, 실패도, 좌절도 없이 내 인생의 나침판처럼 험난한 길을 가지 않았을 것이라는 생각이 들었다. 물론 내 욕심 때문에 그 느낌을 무시한 죄의 대가는 톡톡히 치르며 살아왔다.

특이한 점이 하나 더 있었다. 이날 아침에 〈아리랑〉 노래가 경쾌하게 들려왔다. 정확히 느낌으로 전달된 것이다. 평소 민요를 좋아하지 않았기 때문에 의아해했지만, 이날만은 부르고 싶을 정도로 기분이 좋았다. 아침에 따라 부르고 싶어서 유튜브를 찾아보기도 했지만 내가 찾고 싶은 장단을 찾지 못해 그냥 속으로만 흥얼거리다가 출근을 했다.

그런데 2024년 6월 4일, 슈카이브님의 내면 성장 수업 때 조선시대의 최고 예언가 남사고 선생의《격암유록》을 통해 우리 민족에게 오래전부터 〈아리랑〉이 전래되어왔다는 사실과 함께 단순한 민요가 아님을 알게 됐다.

후천개벽에 관한 사실을 민요에 대입시켜 전래되어왔던 것이다. 후천개벽이란, 지구 극이동, 리셋 후에 펼쳐지는 새로운 새 땅, 새 나라, 새 예루살렘, 즉 타우라(천국)인 것이다.

계룡지 상공에 정차하고 있는 UFO 우주선단(460만 년 전 만들어진 창조주 하느님 아버지의 군대 우주연합 은하함대 500만 대가 현재도 지구 상공에 포진되어 있으며, 한책협과 슈카이브 님이 사시는 아파트 상공에 철벽 수비하고 있다) 3,000대가 십승지를 포위해주고 있는 것이다.

여기에서 '십승지'가 〈아리랑〉의 '아리'를 말하는 것이었다.

나는 이 수업을 듣고 놀랐다. 사명을 받았다고 생각한 날 아침에 평소 민요를 좋아하지 않았던 내가 〈아리랑〉을 흥얼거렸다는 사실 때문이다. 그리고 지구 극이동과 전쟁이 나도 끄떡없다는 십승지를 뜻한다는 사실을 알게 되어 나는 점점 내 자신이 '빛의 일꾼'임을 확신하게 됐다.

게다가 그 느낌을 받고 시계를 봤는데 11시 11분이었다. 그 당시는 엔젤넘버가 무엇인지 모를 때였고, 무심코 봤었는데, 바로 엔젤넘버였던 것이다. 엔젤넘버의 의미를 안 이상 수호 천사님이 나에게 사명을 절달했다는 것을 확신할 수 있었다.

오후에는 조그만 빌라 하나를 팔려고 내놨었는데, 매수하겠다는 사람이 있다고 연락을 받았다. 세입자도 받을 수 있다는 등 좋은 소식들도 전해졌다. 상가 해지 금액 8,000만 원의 손해를 보기는 했지만, 이때 팔았던 빌라 덕분에 잘 마무리 지을 수 있었고, 다세대주택 잔금도 치를 수 있었다.

'영적인 사명을 받았다는 것이 이런 것이구나'를 알게 됐다.

공동
운명체

2,000년 전, 예수님께서 천국에 가는 것은 낙타가 바늘로 들어가는 것처럼 어렵다고 말씀하셨다. 누구든지 천국에 가고 싶어 하지만, 천국이 어떤 곳인지를 알아야 하고, 내 자신이 천국에 갈 수 있는 자격을 갖추어야 한다. 고차원의 영인 에이스카풀루스의 《천국의 문》에 자세히 나와 있다. 천국이 가짜 천국과 가짜 사후세계라는 사실을 잘 알려주고 있다.

우리가 목숨을 걸고, 목표로 삼아야 할 곳은 어둠세력이 만든 가짜 천국, 곧 폐쇄될 사후세계가 아니다. 진짜 천국인 타우라와 5차원 헤일로에 대해서 알아야 한다. 지구 극이동 직전 1차 상승되어 새나라, 새 예루살렘인 타우라에 가기 위해서는 깨어나서 신성회복을 해야 한다.

"내가 곧 길이요 진리요 생명이니 나로 말미암지 않고는 아버지께로 올 자가 없느니라(요 14:6)"라고 예수님께서 말씀하셨다. 단순히 교회에 다니면서 십일조를 내고 성경책을 읽고 기도를 열심히 한다고 해서 천국에 갈 수 있는 것이 아니라고 말이다.

첫째는 깨어나야 하고, 깨어나서 빛의 일꾼으로서 사명을 다해야 한다.

둘째는 신성회복을 해야 한다.

모든 종교는 지금까지 인류에게 깨어나서 신성회복할 수 있는 길을 말하지 않았고, 방법을 알려주지도 않았다. 오로지 두려움을 조장해 자신들을 우상숭배하게 만들었고, 자신들의 탐욕과 권력을 위해 이용했다. 각자 '내가 무엇을 위해 종교를 믿는 걸까'를 질문하고, 원하는 답을 얻었는지 생각해보면 알 수 있을 것이다.

5살 때쯤 셋째 언니가 근처 교회에 새벽 기도를 가자고 새벽마다 나를 깨웠던 기억이 난다. 나는 아무것도 모르고 언니를 따라다녔다. 조금 더 커서도 동네 또래 아이들에 이끌려 교회에 몇 번 갔었고, 직장인이 된 이후에는 언니를 따라 교회 수련회에 따라간 것이 전부였다.

누구도 우리를 돕지 못한다. 스스로를 도와야 한다. 스스로 깨어나서 생각해야 할 만큼 중요한 문제라고 생각한다. 슈카이브 님은 말세(지구 극이동, 리셋)에는 종교가 가장 안전하지 않다고 하셨다.

나의 경우에 교회든 절, 성당에 가도 무언가 허전하고 공허했다. 몇 번쯤은 그냥 갈 수 있겠지만, 목사나 신부, 스님을 알고 싶기보다는 정말 신이 거하시는지, 그럼 신을 만날 수 있는지, 영성을 깨울 수 있는지 등이 궁금했다. 하지만 어디에도 답을 찾을 수가 없었다. 그래서 종교를 갖는 것에 관심이 사라졌다.

삶을 살면서 공허했던 이유와 직감과 꿈이 천국의 나팔 소리임을 알았고, 나를 깨우기 위해서이며, 깨어나서 또 다른 사람들을 깨워야 하는 사명이 있음을 알았다.

그렇게 궁금해하고 찾던 의식과 영성에 대한 깨달음을 '한책협'에서 출간한 에이스카풀루스의 《천국의 문》에서 찾았다. 몰랐던 진실을 알게 해줬고, 신성회복할 수 있는 방법을 알려준 귀한 보물이었다. 슈카이브 님께서 말씀하신 대로 '천국의 열쇠'였다.

이 책은 또한 천상계에서 인류를 깨우고, 재림하신 예수님이신 슈카이브 님을 보좌하기 위해 미리 예언된, 준비된 책이다. 이 사실을 알고 굉장히 놀랐다. 나의 삶에서 의문이었던 모든 문제가 이 책을 통해 구슬이 꿰어지는 것처럼, 퍼즐이 맞춰지는 것처럼 통쾌하게 진실을 알고 깨어나게 됐다.

또한 《천국의 문》 2장에 '공동 운명체'와 천국에 대해 상세히 나와 있다. 카르마 때문에 그룹을 이룬 이들은 '운명 공동체'이며, 물질 세계를 말한다. 여러분처럼 천국을 실행시키기 위해 그룹을 이룬 이들은 '공동 운명체'라고 한다.

"천국은 그곳에 거주하고 있는 존재들의 마음이 실제적인 천국을 이루고 있기에 그런 것입니다. 존재들의 마음이 천국을 완성하면 그들이 머무는 세상에 반영되어 나타나는 것입니다. 천국은 만들어져 있는 세계가 아니라, 만들어가는 세계입니다. 그곳을 사랑과 평화로 넘치게 하는 것도 그곳에 거주하는 존재들이 그렇게 하는 것입니다."

천국의 가기 위해서는 내면의 신을 만나야 한다. 살아서 내면의 신을 만나야 살아서 천국에 갈 수 있다.

의식이
답이다

"인생의 기적을 일으키는 힘은 자아관념이다."

"지금 어떤 환경에 처해 있든 자신을 빛으로 인식해야 한다. 자신이 빛이라는 것을 인식할 때 내면 상태가 달라지고 외부 환경 역시 변하게 된다. 변화는 안에서 시작되기 때문이다."

《인생의 기적을 창조하는 상상의 힘》, 슈카이브

살아온 삶은 한마디로 말한다면 '에고의 삶' 그 자체였다. '에고를 버려야 한다'느니 '정신 차려라'라고 친한 사람들에게 농담 반, 진담 반하듯 내던지던 말들이 타인뿐만 아니라, 나에게 하는 말과도 같았다.

10대부터는 죽음의 공포를 느꼈다. 물론 이것도 천사가 나를 깨어나게 하기 위함이라고 생각한다. 왜냐면 지구가 곧 대순환 주기에 맞춰 정화되기 위해서 지구 극이동, 리셋이 일어나고, 그로 인해 전투행성 니비루가 다가오기 때문이다. 실제 나는 전투행성 니비루가 지구에 도착하기 직전 산등성이에서 '그 행성이 오면 지구는 곧 멸망이다'라는 두려움으로 하늘을 지켜봤던 꿈을 꿨다.

'깨어나'라는 시그널이라고 생각한다. 요즘은 이상기후나 구름 표식, 꿈, 영화, 음악, 드라마, 책 등으로 천사의 나팔 소리를 들을 수 있다. 나는 죽음의 공포를 느끼면서 공포 그 자체에만 몰두했다. '그것을 이겨내기 위해 내가 무엇을 했을까?'를 생각하며 종교를 기웃거리거나, 교양서나 자기 계발서를 읽어보려고 서점에 가서 책을 찾는 것이 전부였다. 의식을 깨울 수 있는 책들이 올해 들어 3권이나 출간됐고, 슈카이브 님을 만나 이 책들을 볼 수 있게 되어 너무나 감사드린다.

슈카이브 님의 《창조주의 인류 구원 메시지》, 에이스카풀루스의 《천국의 문》, 슈카이브 님의 《인생의 기적을 창조하는 상상의 힘》을 읽고 나서, 나는 세상이 180도로 다르게 보였다. 나는 결코 이전의 삶으로 돌아갈 수 없다. 내 자신이 지금껏 살아온 삶이 '헛것'에 지나지 않음을 알았다. 더 무한한 우주의 세계가 있음을 깨달았다.

나는 영적인 존재로서, 창조주님께서 만들어주신 빛의 자녀임을 깨달았다. 외부의 물질만이 삶의 위안이 된다고 생각하고, 모든 것을 만족시켜줄 것이라고 착각하고 살았다. 물질에 의해 아까운 시간들을 허비하고 살아온 것이다. 그로 인해 진정으로 나의 내면의 영혼을 살찌울 양식을 가지는 시간들을 흘려보내고 살았다.

20대에는 학교에서 주어진 수업, 공부만 하면서 가난을 꿋꿋하게 버텼지만, 사회에 나와서는 사회에 적응하지 못한 것을 사회 탓으로 돌렸다. 내가 시련을 극복하고 꿈을 향해 나아갈 강한 도전정신이 부족한 것이면서 되려 사회나 주변인을 원망했다. 그래도 이 물질의 덧없음을 알고 나서는 잠깐이지만 깨어났었다가, 퇴직한 이후에 다시 돈을 벌어야겠다고 생각하며 앞만 보고 달려왔다.

의식 성장에 더 힘써서 깨어나는 데 온 힘을 다했더라면, 스스로 알을 깨고 나와 나비가 될 수 있었을 텐데 말이다. 지금이라도 슈카이브님을 만나서 창조주님을 영접하고, 깨어날 수 있어서 너무나 깊이 감사드린다.

의식은 마음과 생각을 만들어낸다. 그 마음과 생각으로 말과 행동을 한다. 그 사람의 말과 행동을 보면서, 우리는 그 사람의 마음을 읽는다. 그리고 어떤 생각으로 했을까를 판단한다. 이 모든 것의 근원은 의식에 있다. 나폴레온 힐(Napoleon Hill)의 저서 《결국 당신은 이길 것이다》에는 "어둠은 자신의 마음을 지배하고 의식을 가진 사람들을 싫어한다"라는 구절이 나온다.

의식의 근원이 나 자신의 근원이며, 나의 근원을 알아야 창조주님과 하나임을 아는 것이며, 우리 모두 하나의 의식으로 연결되어 있음을 알게 된다. 이것이 빛으로 가는 삶이기 때문에 어둠이 싫어하고, 교란시킨다. 그동안 부모님과 학교 선생님 말씀 잘 듣고, 사회에서 직장 상사 말을 잘 들어야 하는 꼭두각시 같은 삶을 살면서 주어진 현실의 틀에 나를 맞춰야 했다. 내 발에 신발을 맞추는 것이 아니라, 주어진 신발에 내 몸을 맞추고 살아왔다. 그러다 보니, 나를 틀속에 규정짓고, 삶을 한계 지으면서 산 것이다.

그래서 나를 알지 못했고, 나를 알려고도 하지 않았다. 마음속에 나를 알고 싶다는 갈망만 감추고 있었을 뿐이다. 그래서 꿈을 향해, 뜨겁게 열정을 갖고 도전하는 삶을 살지 않았다. 주어진 삶 속에서 틀 안에서 안주하며 살려고만 했다. 살면서도 쉽게 좌절하고, 포기하고, 남들과 발맞춰 대충 그 흐름에 맞추며 두루뭉술하게 살아왔다. 살면서 힘들면 '여기 말고 다른 일도 많은데' 하며 쉽게 그만두고, 사람과 부딪치면 정면으로 해결하기보다는 직장을 그만두는 쪽을 선택했다.

그리고 남의 탓만 하면서, 남을 원망했다. 그 원인을 나한테 찾기보다는 남한테 찾기 위해서 열심히 남의 눈치를 살피고, 이러쿵저러쿵 판단하며 살아왔다. 내 눈의 대들보는 보지 못하면서, 남의 티눈은 잘도 본다.

사실 끊임없이 남을 판단해왔다. 명리 공부를 잠깐 시작했다가 포기했지만, 이것도 끊임없이 남을 판단하고, 더 나아가 그 판단으로 남을 지배하고자 하는 욕망이 있었을 것으로 생각한다.

어둠은 남의 두려움을 이용해 자신의 지배나 이익을 추구한다고 한다. 명리를 배우려고 했던 이유도 경제적인 것뿐만 아니라, 사회적으로도 인정받고 싶은 마음이 있었다. 그러나 지금은 나를 앞세우려고 하는 것도 우상숭배의 하나임을 알게 됐다.

의식의 부재가 가져다주는 삶을 살아온 나는 너무나 허망하고 무기력했다. 지금에서야 의식의 중요성을 깊이 깨닫는다. 앙꼬 없는 찐빵이라고 해도 될 삶을 살아온 것이다

단지 고마운 것은 가난으로 인해 '자립심'이 생겼고, 도움 받는 것을 애초부터 기대하지 않게 된 것이다. 내 입에서는 늘 '내가 알아서 할게'라는 말이 저절로 나왔다. 누가 도와준다고 해도 자동으로 이런 말이 나왔다. 그리고 '끈기와 인내'를 가지게 되었다. 너무나 당연하다고 생각하겠지만, 내가 참으며 살아온 것이 내심 잘했다는 생각이 든다. 그리고 '자유'였다. 누구의 간섭도 받지 않는다는 것이 너무나 행복했다. 그 외에도 환경에 잘 적응하고 성격이 꼼꼼하다.

나에게 주어진 달란트를 가지고, 열심히 앞만 보고 살아온 것도 잘

한 것이지만, 부족한 것을 인식하지 못하고, 알려고 하지 않은 데서 더 이상의 발전은 없었다. 스스로 틀 안에서 나를 깨우지 못했던 것이다. 지금은 더 넓은 우주를 보고 더 이상 두려움도, 고민도 없다.

하늘의
선물

"너희가 쓰는 말과 글은 이미 오래전 너희들이 천계로부터 받아 온 선물이었다."

《창조주의 인류 구원 메시지》에 따르면, 말과 글은 천상계로부터 내려진 선물이라고 한다.

또한 말과 글에는 에너지와 파급력이 있다고 했다.

'말 한마디로 천 냥 빚을 갚는다'라는 오래된 속담처럼, 말과 언어라는 것이 얼마나 소중한 것인지 모르는 사람은 없을 것이다. 나는 어렸을 때부터 말수가 적었다. 그리고 언제부터인가 일과 업무에 관련한 말을 제외하고는 말을 잘 하지 않았다. 그것에 대해서 별로 불편함이나 어려움은 없었다.

그런데 언제부터인가 주변 사람들이 나를 오해하는 것 같아서 그것에 대한 설명을 하기 시작했다. 그러더니 급기야 누군가 말을 하면 그때마다 답해줘야 한다는 강박이 생겨났다. 상대방이 한마디 말을 하면 나도 한마디씩 응대를 하게 됐다. 대응을 안 하고 가만히 있으면 상대가 오해하거나 내 마음을 모른다고 생각해서 열심히 대답해주다 보니, 안 해도 될 말까지 나왔다. 말이 많아지자 말실수도 잦아졌다. 무엇인가를 담아두지 못하고, 바로 토해내는 습관이 생겼다.

이를 방어기제라고 생각하며 살아왔지만, 그것이 아님을 알게 됐다. 나를 보호하던 허리의 벨트, 의식의 코어가 풀린 느낌이었다.

내 마음을 한번 걸러내지 않아서 정화하지 않은 원석, 돌 그대로 말을 하다 보니, 상대가 기분 나쁘게 생각하고, 점점 불편해했다. 사람이 착한 것과 상관없이 한번 뱉은 말은 주워 담을 수가 없었다. 만약 누군가가 좋은 음식을 먹고 살면서 입에서 나쁜 말이 나온다면 그 사람과 친해질 사람은 없을 것이다.

《창조주의 인류 구원 메시지》에는 '말에는 이미 많은 방해를 받고 있다. 그래서 우리는 글을 택하였고 글 안에 많은 것을 숨겨두었다"라는 구절이 있다.

한번은 말해놓고 기억이 나지 않아 실수한 일이 있었다. 그 당시 한 말에 대해 표현이 좀 부족했다는 느낌은 있었지만, 그 말을 한 자체를 잊어버리고 있었다. 그때의 일을 다시 묻자, 결국 '아니'라고 답했고, 상대방은 아연실색했다. 결론적으로 처음 했던 말과 다른 말을 했으니, 거짓말쟁이가 된 것이다. 나는 한참 후에야 그날의 일이 기억나서 얼굴이 빨개졌다. 고의적인 것은 아니지만, 변명과 거짓말이 된 것이다.

천계에서는 말을 하지 않고도 상념으로 대화한다고 한다. 말이라는 것은 창조주님께서 우리가 소통하고 에너지를 전달할 수 있도록 도구를 만든 것으로, 이것이 우리가 사용하는 언어가 됐다고 말씀하셨다.

한번은 목이 아프기 시작하면서, 말이 3일 동안 나오지 않은 적이 있었다. 원래 편도선이 약했기 때문에 피곤해서 그렇겠지 하고 병원에 가지 않았는데, 그러다가 3일 정도 시간이 지나고 나서 괜찮아졌다. 3일 동안 말을 하지 못하고 생활을 했지만, 전혀 문제가 없었다는 것이 더 신기했다. 답답했던 것은 나 자신이었지, 다른 사람들은 전혀 불편해하지 않았다.

상대방이 말을 할 것 같으면, 나는 대답하지 못해서 답답해했고, 내가 답답해하는 모습에 사람들의 웃음을 자아냈다. 그래도 이해해주는 것이 감사했다. 나는 말을 굳이 하지 않아도 삶에 별로 불편한 것이 없다는 것을 다시 느꼈다.

말도 잘하고, 잘 들어주기도 하는 사람을 가끔 보곤 한다. 잘 말하고, 잘 듣는 것이 중요하다고 느낀다. 인풋과 아웃풋이 같이 잘되는 사람이 지혜롭게 느껴졌다. 나는 이상하리만치 사람들의 말을 끝까지 듣는 것이 힘들었다. 어떨 때는 집중이 잘되지 않고 딴 생각을 할 때가 있다. 그리고 말하는 중간에 끼어들기를 잘했다. 말이 끝나기 전에 내가 할 말을 잊어버릴까 봐 그랬다. 내 결점을 보지 못하고 남의 티눈만 보듯이, 이런 나의 습관을 알지 못했다.

한번은 막냇동생과 통화를 했다. 동생도 만만치 않았다. 가족이라 이렇게 자기 말만 하는 것도 닮아가는 것인지 의아했다. 동생이 "언니는 처음에 자기 말만 하고 전화를 끊었다. 그런데 요즘은 많이 나아졌다"라고 말하는 것이었다. 나는 '남의 이야기를 끝까지 듣겠다'라고 작정하고 참았다. 그런데 동생도 마찬가지로 자기 이야기만 하는 것이었다. 급기야 폭발할 지경까지 왔다. 시간을 정해서 5분간 이야기하고 나면 서로 번갈아가며 이야기하자고 했지만, 동생은 지키지 않았다. 그래서 더 이상 대화하기가 힘들 정도였다.

영혼은 성장, 발전, 진화하려고 한다. 부족한 것을 채우고, 단점을 보완하며, 넘치는 것은 덜어내는 것이다. 내가 남의 말을 수용하는 능력이 부족한 것은 사실이다. 최근에 나는 그 점을 고치기 위해서 상대방 말을 끝까지 경청하며, 상대방의 핵심을 파악하는 연습을 했다. 이후 소통에 어려움이 많이 줄게 됐다. 그리고 말을 하기 전에 한번 더 생각하고 필요한 말만 간단히 하는 연습을 하고 있다.

이렇게까지 하는 이유는 간단하다. 나도 모르게 생각 없이 내뱉었던 말들이 타인의 감정을 상하게 하고, 기분 나쁘게 만들었다는 사실을 뒤늦게 알았기 때문이다. 기억이 나지 않을 정도라면, 특정한 일이나 사건이 있어서 한 말은 아니었을 것이다. 굳이 안 해도 될 말을 해서 스스로 부스럼을 만든 것이다.

상대방과 나와의 관계가 나쁘지 않고 서로 호감을 가지는 사이인데도 굳이 군더더기 같은 쓸데없는 말을 추가하는 바람에 상처를 입혔다. 그리고 군더더기 같은 말이기에 기억도 나지 않는다. 열심히 일 잘해놓고, 욕 얻어먹는 꼴이 됐다.

나는 극약처방을 해야 했다. 침묵해보려고도 노력했지만, 감정이 너울 치는 것을 참을 수가 없어서 또 말을 하게 됐다. 그래서 고민하던 끝에 답을 얻었다. 내 의식을 가지고 말과 행동을 통제하는 것이었다. 내가 해도 될 말인지 해서는 안 될 말인지를 '의식'을 기준으로 삼아 통제했다. 한 번 더 의식을 통해 걸러져서 나온 말들은 내가 해놓고도 조금씩 만족스러워졌다.

그리고 시간이 된다면 대화나 통화하기 전에 간단히 할 말을 메모했다. 그러자 군더더기 없이 필요한 말들만 전달하게 되어 실수가 줄었다. 스스로 의식의 근육을 키우는 연습을 하기 시작하자 마음에도 평화가 찾아왔다. 목소리도 차분해졌다. 실수하면 어쩌지 싶은 마음에 두렵고, 불안해져서 실수를 반복했던 것이 의식으로 내 생각과 마음을 통제하고, 말과 행동을 통제할 수 있다는 확신이 들자, 마음이 편안해졌다.

그동안 스스로 쓸데없는 말과 실수로 타인에게 상처 줬던 것들이 모르고 지은 죄라 할지라도, 너무 미안한 마음이다. 용서를 구한다. 속으로 미안했던 사람들에게 기도했다.

감사함과
믿음

나는 태어나서 그냥 남들이 사는 데로 살아가야 되는 줄 알았다. 부모님 곁에서 부모님 말씀 잘 듣고, 학교 잘 다니고, 직장인이 되고 나서는 주어진 일을 책임감 있게 잘하면 전부인 줄 알았다.

지금 50세가 넘은 나이가 되어 생각해보니, 인생에 주어진 답은 없는 것 같다. 어떤 인생이 잘 산 인생인지 누군가가 어떤 기준으로 말할 수는 없을 것이다. 오로지 자신만이 자신의 마음을 들여다보며 만족스러운 삶이었는지를 알 수 있다.

그런데 삶을 살아가다 보면 내 마음이나 의지와는 상관없이 별개로 사건 사고가 일어난다. 우리는 이것을 시련이나 고난, 역경이라고 말한다. 무엇이 됐든 시련과 고난은 피하고 싶을 만큼 괴롭고 힘들 때가 많았다. 하지만 그럴 때도 나는 길을 가다 보이는 나무들처럼, 춥거나 더워도 모든 것을 이겨내고 묵묵히 살아가야 했다. 나무가 성장하면서 1년에 하나씩 나이테가 생기듯이, 나 자신도 우산도 없이 그대로 비를 맞으며 그 시련을 고스란히 겪어야 했다. 피하지도 못했다. 그렇게 나도 나무처럼 조금씩 성장한 것 같다.

어렸을 적에 아버지가 동생과 나에게 화가 나셔서 때릴 것을 찾다가 바지의 벨트를 풀어서 때리시려고 했다. 동생은 잽싸게 자리를 피해 도망쳤다. 그런데 나는 이상하리만치 그 자리를 피할 수 없었다. 발이 떨어지지를 않았다. 마치 산속에서 귀신을 만나거나, 무서운 들짐승을 만나면 놀라서 그 자리에 굳어 서 있는 것처럼, 공포스럽고 무서우면 피하는 것이 상책인데 나는 겁은 나지만 그냥 우두커니 가만히 있었다. 아버지는 겁만 주고 때리시지는 않았다. 그러나 심하게 대들었던 동생은 아버지에게 맞은 적이 간혹 있기는 했다.

나는 어렸을 적 등굣길에서 돌부리에 넘어져 무릎에서 피가 나도 아무렇지 않은 듯 누가 볼세라 일어나서 걸어갔다. 한창 부모의 손을 타야 할 나이에 제대로 양육을 받지 못했던 것 같다. 그래도 부모님이 고생하며 살아오신 것을 잘 알기에 원망하거나 미워한 적은 없다. 지금도 부모님을 생각하면, 잘해드린 것이 없는 것 같아서 후회가 들기도 한다.

오히려 나는 가난이 감사하다. 스스로 자립심을 키우고, 인내하게 만들며, 영혼의 자유로움을 느꼈다. 다시 물질의 속박이 오더라도 이겨내고, 참으며 미래를 꿈꾸고, 사기를 당하든 시련을 겪어도 좌절하지 않고 오뚜기처럼 또 일어나서 하늘을 바라보게 된다. 영혼의 자유를 위해서….

살면서 '나중에 모든 것을 완벽하게 갖춰놓고, 평범하게 남들처럼만이라도 이루어놓고, 그다음에 부모님을 모시고, 행복한 가정을 꾸려야지' 하면서 무조건 앞만 보고 달려온 것 같다. 그러다가 시련을 만나면 '내가 왜 이러고 있는 것일까, 무엇을 위해 이렇게 살아온 것일까'를 생각하고 주위를 둘러보게 된다. 부모, 형제들, 친구들이 그립고, 더 잘해주지 못한 것을 후회한다.

중학교 3학년 방학 때 동생 둘을 데리고 가락동에 사시는 외삼촌 댁에 놀러 갔다. 외삼촌은 큰 회사의 사장님 차를 운전하는 기사였다. 외할머니도 계셨다. 삼촌 집에는 남자아이 둘이 있었다. 그래서인지 방 안에 동화책과 위인전 등이 많았다. 책을 읽다 보니 행복감이 밀려오면서, 여기 있는 책을 다 읽고 싶다는 생각이 들었다. 너무나 부러웠다. 그리고 외할머니는 동생들과 나를 위해서 방앗간에 가서 떡을 해오라고 했고, 커다란 교자상에 하나 가득 음식을 차려놓으셨다.

그때 함께 모여서 식사했던 것이 아직도 기억난다. 이틀간 있다가 다음 날 집으로 돌아갈 때 삼촌께서 용돈으로 2만 원을 주셨다. 평생 처음 받은 용돈이었다. 나는 나중에 돈을 벌어서 내가 용돈을 드려야지 생각했었는데, 엄마와 삼촌 관계가 나빠져 오랫동안 만나지 못했다. 뒤늦게 찾아가려고 했었지만, 외할머니는 돌아가셨다. 추억과 함께 가슴 한편이 아파왔다.

누구에게는 평범한 일일지 몰라도, 친척과의 만남, 그리고 따뜻한 대접을 받은 것이 너무나 고마웠다. 하지만 성장하고 난 뒤에는 '나중에 찾아봬야지' 하며 시간을 미뤘다. 내 마음을 나중이라는 시간에 맡겨두고 나를 속였다. 진짜 내 마음이 원하는 삶을 산 것이 아니다. 단 한 번도 내 마음이 원하는 삶을 살지 못했다. 그래서 항상 후회하면서 다시 똑같이 후회하는 삶을 살아왔다. 잠시 되돌아보며 후회하고, 아쉬워하다가 못내 다시 제자리로 돌아왔다. 오직 물질만을 우선으로 살았던 것이다. 주위의 친했던 친구들도 내가 지방에 내려가고 직업을 공개할 수 없는 처지가 되자 자연스럽게 연락이 끊기게 됐다.

나는 사회에 나간 후 알게 된 친구들에게는 마음이 가지 않았다. 일상적인 대화를 나누는 것이 식상하게 느껴졌다. 네빌 고다드의 《전제의 법칙》을 보면 영적인 성장을 줄 수 있는 친구를 선택하라는 말씀이 나온다. 나는 이 말에 전적으로 공감한다.
정신적으로든 마음적으로 나의 의식을 성장시켜줄 수 있는 친구가 필요했다. 깨달음을 위해서 함께 노력하는 인생의 도반으로서 말이다. 말 한 마디, 행동 하나에 순수한 향기가 느껴지는 사람을 좋아

한다.

아무리 예쁘고 똑똑한 친구라도, 순수하지 않거나, 겉과 속이 다르면 너무 싫었다. 차라리 얼굴에 흉터가 있고, 집안이 어려워도 대화를 하면서 가식이 없고, 순수함이 느껴지면, 그 친구가 너무 좋았었다.

중학교 2학년 방학이 끝났을 무렵이었다. 방학 기간 동안 얼굴을 못 보다가 친구를 만나게 되어 서로 반가워서 인사를 나눴다. 그런데 문득 친구가 한참 어리게 느껴졌다. 반대로 나는 많이 성숙해진 느낌을 받았다. 그 친구가 어리게 느껴진다는 것은 반대로 내가 많이 성숙했다는 뜻이다. 내가 아무것도 하지 않아도, 심어놓은 나무가 무럭무럭 자라듯이 나는 보이지 않게 성장했다는 느낌을 받았다.

농부는 씨앗을 심거나 나무를 심기 전까지는 땅을 파고, 물을 주고 흙을 밟아준다. 이후에는 하늘에서 비를 뿌려주고 햇볕으로 나무를 키운다. 우리가 매일 나무를 들여다보지 않아도 나무가 성장하는 것이다. 사람도 영적으로 보면 매일매일 성장하고 있다.

그 성장을 우리 스스로가 갉아먹고 있는 것뿐이다. 물질만 좇다가 가장 소중한 것을 놓치고 후회하고, 감사함을 모른다. 표현하지 않고 행동하지 않았다.

슈카이브 님께서 믿음은 생각으로, 말로 하는 것이 아니라, 행동하고 실천하는 것이라고 말씀하셨다. 내가 시간을 미루고, '나중에' 라고 하는 것은 믿음이 없는 것이다. 감사함을 후회로 만들지, 믿음으로 행할지는 자신의 선택이다. 내가 주체가 되는 삶을 살아야 하는 이유다. 그러나 남의 눈치를 보고, 이것저것 핑계를 대며 남 탓을 하다가 믿음은 시들해진다. 이는 의식이 성장하는 데 걸림돌이 된다. 의식의 성장 밑바탕에는 믿음이 있다고 생각하기 때문이다.

그리고 그 믿음은 감사함이 없으면 생기지 않는다. 살면서 육신의 관점에서도 감사함을 안다면 표현하고, 행동해야 한다. 이것이 믿음이라고 생각한다. 하물며 창조주님을 사랑하고 경외하고 감사함을 안다면, 즉 창조주님께서 이 우주를 창조하시고, 영과 육신을 만드신 분임을 안다면, 얼마나 감사드리고 축복해야 할 일인지 모른다. 그리고 감사하는 마음의 바탕에서 믿음이 생겨난다.

그리고 그 믿음은 말과 행동으로 실천하게 되는 것이다. 이것이 진정한 영혼의 성장이라고 생각한다. 그래서 모든 고난과 시련도 이겨낼 수 있는 단단함으로 성장할 수 있는 것이다.

닭이 먼저냐, 달걀이 먼저냐 따질 것이 아니다. 믿음은 다시 감사함을 느끼게 해주고, 감사는 다시 믿음을 단단히 해준다. 믿음으로 행동하지만, 그 결과는 다시 나의 믿음을 더욱 단단하게 해준다는 것을 알게 된다. 모든 것은 하나로 이어져 있기 때문이다. 단지 언어로 이 모든 것을 표현할 뿐이다.

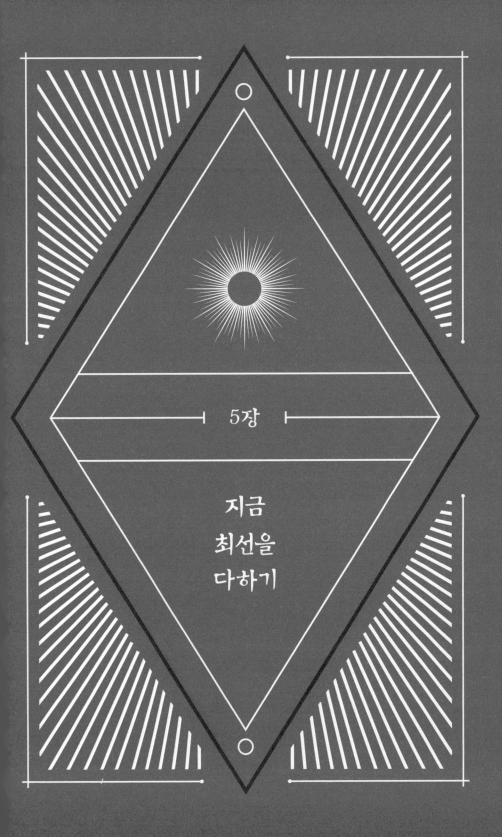

5장

지금
최선을
다하기

세상의
틀

우리는 학교에서 교과서대로 배웠다. 그리고 그것이 전부인 줄만 알았다. 그러나 막상 사회에 나와서 보니, 사회가 학교에서 배웠던 지식과는 아무 상관이 없다는 사실과, 내가 배운 것은 취업을 위한 통과의례 정도라는 것을 알게 된다.

그렇다 하더라도 최소한 사회적 지위가 있는 사람들은 그만큼 인격적인 소양이 있는 줄 알았다. 하지만 그렇지 않다는 것을 사회 초년생 때 알게 됐다. 단순히 학벌이 좋고, 배경이 좋거나 기술이 있거나 하면 그것으로 사회생활을 하는 것이지, 그 사람의 됨됨이나 인품과는 거리가 멀다는 것을 알게 됐다. 실망감이 밀려왔다.

내가 너무 순진한 것인지 세상살이에 어리숙한 것인지는 몰라도, 이 세상이 물질문명의 틀에서 경제적인 것에만 방점을 찍고, 목적을 갖고 사는 세상이라는 생각이 든다. 이기적이고 개인적인 분위기에도 염증을 느꼈다.

어렸을 적에 가난한 환경이었지만, 불평이나 불만은 없었다. 대신 자유롭고 독립심을 키울 수 있었다. 그리고 누구나 가고 싶은 대기업 금융권에 취업을 하게 됐다. 그럼에도 경제적인 행복감은 잠깐이었고, 더 이상 발전할 수 없는 한계점을 뼈아프게 느꼈다. 그저 사회의 부속품으로 살아야 한다는 것을 알았다. 또한 이러한 직업은 내가 선택한 것이 아니라는 생각이 들었다.

내가 생각하는 자유는 성장할 수 있는 자유를 말하는 것이다. 단순히 무조건 편하게 살기 위한 경제적 자유만을 말하는 것이 아니다.

그러다 막상 직장을 그만두자 혼자 외딴섬에 있는 느낌이 들었다. 소속감이 없어지자 불안했다. 그리고 성장하기 위해서는소속되거나, 하고 싶은 일을 찾아야만 한다는 것을 뒤늦게 알았다. 물론 직장을 다니면서도 이직하기 위해서 속기사에 도전하거나, 다른 회사에 면접을 보기도 했었다.

결국 다시 삶을 새롭게 살기 위해 만났던 남자에게 모든 것을 올인하다시피 내조를 하고 기대를 걸었지만, 혹독한 시련을 겪어야 했다. 정말 최악의 인생을 산 것이다.

꽃을 피워보지도 못하고, 20대와 30대를 어둠 속에 갇혀 살아왔다. 보이는 것이 전부가 아니다. 남이 보기에는 평범하고, 인상도 좋고, 순수해 보인다고 하지만, 살아온 삶은 치열했다. 그리고 50대가 되어서야 모든 것이 사후세계에서부터 계획됐던 삶이라는 것을 이해하기 시작했다.

모든 삶은 시련과 고난을 겪어가며 지혜나 깨달음을 얻게 되고 단단해지고 연단되어짐을 알게 됐다. 카르마도 해소하지만, 나의 부족함이 무엇인지 알게 됐고, 지나친 부분은 덜어내어 나를 완성시키는 과정이었다.

나의 단점은 무엇보다 결과를 추구하는 것이다. 그러다 보니 마음이 급했다. 여유가 없었다. 남들처럼 안정되게 살고 싶은 욕망이 나 자신을 급하게 몰았던 것 같다. 누구의 탓도 아니다. 그래서 남의 말도 귀 기울여 들을 여유가 없었다. 듣고 싶은 말만 듣다 보니, 실수하게 된다. 결과보다 과정이 중요하다는 것을 늦게서야 깨달았다.

그러다 보니 살다가 가끔 뒤를 돌아보면 바쁘게 살아온 것들만 생각났다. 과정을 중시하며 타인의 말도 귀 기울여 듣고, 주위를 돌아보면서 살아왔다면 삶이 더욱 풍요로웠을 것이다. 마음의 풍요는 돈으로 살 수 없는 것이다.

결론적으로 물질을 추구하는 삶은 행복하지 않다. 그리고 풍요롭지 않다는 것을 알았다. 그래서 우울했고, 마음이 평안하지 않았다. 우울하면 전생을 사는 것이라고 했다. '조금 늦더라도 천천히', 어디서 많이 듣던 노래 가사 같다는 생각이 든다.

타인에게
상처 준 말들

카르마는 말과 행동과 생각이 만들어낸 결과라고 배웠다.

대형 마트 안에 있는 생활 잡화점 매장에서 일한 적이 있다. 코로나가 끝나갈 무렵, 일을 쉬면서 줌으로 명리 수업과 마음공부를 같이 했었다. 그러나 집에서 마냥 있을 수가 없었다. 일자리를 알아보려고 중고거래 앱도 보고, 벼룩시장도 보고, 온라인 구직 사이트는 물론이거니와 여성 일자리센터에서도 일자리를 찾아봤다.

지방인 데다 특별한 기술이나 자격증이 없는 터라, 할 수 있는 일은 서빙이나 마트 캐셔 정도였다. 그것도 젊은 사람들을 구하기 때문에 나이 제한이 있었다. 요즘은 퇴직 시기도 빨라져서 대기업의 경우도 40대 중후반부터 명예퇴직으로 나오거나, 정년퇴직을 한다고 해도 50살쯤이라는 생각이 든다. 그래서인지 인력도 충분하기에 내가 할 수 있는 일의 폭이 좁았다. 어디를 가도 나이가 많은 쪽에 들어갔다. 언제 나이가 이렇게 먹었을까? 참 세월도 빠르다. 어디를 가면 내 나이는 젊다고 하지만, 상대적인 것이라고 생각한다.

60대 중반인 남자분이 양로원에 갔더니, 양로원 어르신들이 대환영했다고 한다. 양로원에서는 60대, 조금 더 지나면 70대가 막내이고, 나머지 어르신들은 80대가 훌쩍 넘으신다. 이 말을 듣고 '정말 100세 시대구나'를 실감하게 됐다.

나도 인간적인 나이로는 젊다고도 볼 수 있겠지만, 사회생활을 하기에는 정년퇴직할 나이가 지났다. 그렇게 구인 활동을 하다가 보니, 당근에서 우연히 대형마트 안에 있는 생활 잡화점 매장이 눈에 들어왔다. 근무시간이나 급여는 구체적으로 나와 있지 않았지만, 알아보고 싶은 마음에 전화를 걸었다. 20대 목소리의 여성분이 3시쯤에 점장님하고 만나보라고 미팅을 잡아줬다. 다소 긴장된 느낌으로 매장에 찾아갔다. 30대 후반의 여직원이었는데 자신이 전화 받았던 사람이고, 점장이라고 했다. '아 나는 나이가 많아서 좀 힘들겠구나'라고 생각했다.

점장은 고객들이 가져오는 물건을 계산하느라 바쁜 와중에 카운터에 서서 나랑 20분 정도 계속 이야기를 했다. 고객이 계산하러 오면 나는 대화를 중단하고 벽 쪽에 붙어서 고객이 편하게 계산할 수 있게 자리를 비켜줬다. 고객이 계산을 마치고 가면, 다시 일에 대해서 점장과 대화를 시작했다.

"저는 이 일이 처음이라서 경험도 없고, 은행에 근무했던 것과 아르바이트 정도가 다인데 과연 잘할 수 있을까요?"라고 조심스럽게 말을 꺼냈다.

점장은 '아니에요, 충분히 하실 수 있어요. 물건 정리하고 계산만 잘해주면 돼요'라며 우려했던 것과 달리 의외로 친절하게, 그리고 적극적으로 일할 것을 권해줬다.

나중에 알았지만, 직전에 남자 한 분이 하루 일하고 힘들어서 그만두고 갔다는 것이다. 그는 20대 초반에, 일도 잘했고, 편의점에서 일한 경험도 있었다. 그런데 '편의점보다 더 힘들어서 못 하겠다고 그만뒀다'라고 점장에게 이야기를 들었다. 나는 직접 일을 해보지도 않고, 겁부터 먹기보다는 일단 시작하는 실행력이 있었다. 적극적인 편이어서 점장의 말을 수락했다. 곧바로 다음 날부터 일을 시작하기로 했다. 규모가 작아서 원래 점장 포함 3명이 일을 해야 하지만, 현재는 1년 계약이 만료되어 점장을 제외한 3명이 실업급여를 타기 위해 재연장을 하지 않고 그만두고 쉬고 있었다.

3명의 인원이 부족하지만, 2명은 얼마 전에 구했고, 1명만 필요한 상태였다. 나는 호기롭게 '내가 이 일도 못 하면 어디 가서 무슨 일을 할 수 있겠는가'라며 각오를 단단히 다졌다. 한 가지 아쉬운 것은 근무 시간이었다. 하루에 4시간 정도 할 수 있는 일을 찾고 싶었다. 하루 4시간 근무 이후에 여가를 즐기고 싶었다. 너무 일에만 치인 삶을 계속 살아왔기 때문에 금전을 떠나서 여가시간을 갖고 싶었다.

그러나 내 입맛에 맞는 일은 없었다. 누구는 서울에 가면 일보다 사람이 부족해서 웃돈을 더 준다고 해도 구할 수가 없다고 했다. 궁여지책으로 가족들이 모두 가게에 매달려 일을 한다고도 했다. 물론 인건비도 안 나오는 불경기여서 그렇게 하는 사람들도 있을 것이다.

그러나 지방일수록 하고 있는 일을 그만두면, 다른 일을 할 것이 거의 없었다. 가정주부나 경력이 끊긴 여성들이 할 수 있는 것은 주방, 주방보조, 홀서빙, 보험, 화장품 판매 등이 전부였다. 그래서 지방에는 식당도 많고, 가게도 참 많다. 미용실도 왜 그렇게 많은지 알 것 같았다. 대부분이 생계를 위해 남의 밑에서 일하거나, 아니면 자립할 수밖에 없는 구조였다. 나는 8시간을 일해야 했다. 점심 시간을 포함해서 9시간이었다. 식사는 대형마트 내의 구내식당을 사용할 수 있었지만, 위생 상태나 맛이 별로였다. 그러나 밥을 먹기 위해서 일한다기보다는 일을 하기 위해 밥을 먹어야 하는 상태였다. 식당 천장 구석의 하얀 페인트칠한 곳에 시커멓게 곰팡이가 나 있어서 금방이라도 수저나 그릇 밑으로 떨어질 것 같았다. 바닥이나 테이블도 오염물로 더러웠다.

몇 번 먹다가 도시락을 싸 오기 시작했는데, 이것도 힘들어지기 시작했다. 그래서 그냥 동네를 돌면서 여기저기 밥을 사 먹게 됐다.

아침 8시까지 출근해서 3인 1조가 번갈아서 하역장에 엘카와 카트를 여러 개를 끌고 가서 물건을 받아왔다. 큰 대형트럭의 문이 열리자 안에는 박스들이 가득 차 있었다.

기사는 위에서 물건을 체크하면서 하나씩 차 바닥으로 밀어놓았다. 우리는 엘카나 카트에 박스를 최대한 많이 담아 넣었다. 하루에 박스를 100개 이상, 어떨 때는 200개를 실어 날라야 하기 때문이었다. 차 바닥 높이가 내 어깨 높이여서 얼굴이 온갖 박스의 먼지로 뒤덮였다. 같이 일하는 동료들도 먼지 때문에 고개를 돌려야 했다.

게다가 얼굴뿐만 아니라 온몸이 땀으로 흠뻑 젖었다. 내려놓은 박스는 마트 실내 안까지 끌고 가서 다시 내려놓아야 했다. 땀과 먼지로 범벅이 된 채 마트 안으로 들어오면 시원한 바람에 더위가 날아가는 듯했다. 갑자기 상쾌한 기분까지 들어서 좀 전에 힘든 것이 싹 가시는 느낌이었다. 카트에 실려진 물건 중에 화분이 있었는데, 카트에 실을 때 무게 때문인지 대각선으로 꽉 끼어서 꺼내기가 힘들었다. 양손으로 들어보려고 안간힘을 쓰는데 속까지 덜컹거리는 느낌이 들 정도로 들려지질 않았다. 포기하고 다른 박스를 정리하기 시작했다.

놓인 박스들은 각자 맡은 구역에 따라 시간을 정해 교대로 정리했다. 박스를 뜯어서 박스대로 카트에 실으면 카트 2대 이상 실렸다. 물건을 정리하다가 고객이 오면 달려가서 계산하고, 계산이 끝나면 다시 물건을 정리하는 등 몸을 쉴 새 없이 움직여야만 맡겨진 하루 분량의 일이 끝났다. 손가락은 반복적인 노동으로 저리기도 하고, 굳은살이 박일 것 같기도 했다. 사다리를 탈 때는 조금 겁이 났다. 규정상으로는 헬멧을 써야 하지만, 협소한 환경에 제대로 갖추고 할 수 있는 상황이 아니었다.

게다가 바닥에 납작한 박스들이 즐비해서 쪼그려 앉아서 일을 하다가 거의 바닥에 엎드린 채 일해야 했다. 고개를 들기도, 앉았다가 다시 일어나기도 힘든 상황인데 야속하게도 고객들은 자꾸 물건이 어디 있느냐고 물어본다. 일일이 대답하다가도 고개를 들 수 없는 상황도 생긴다. 그러나 고객은 상대가 힘든 것은 신경 쓰지 않는다. '대답을 잘 안 했다'는 등 여러 가지 이유로 항의를 한다. 막상 자신이 그러한 처지에 놓여 있어야만 상대방의 심정을 아는 것 같다.

도시락을 싸 온 사람은 창고에서 쪼그리고 앉아 열악한 환경에서 밥을 먹어야 했다. 어디 앉아서 쉴 공간도 없었다. 하루 종일 몸을 쓰고 나니 집에 오면 '아이구' 하고 저절로 신음소리가 났다. 온몸이 쑤시고 아팠다. 몸은 힘들었지만 일이 단순해서 스트레스받을 일은 크게 없었다. 차츰 적응되면서 일도 즐거워졌다.

그런데 조직사회라는 것이 어디든지 마찬가지겠지만, 인간관계가 제일 힘든 것 같다. 같이 일하는 여직원 한 분이 사다리를 타고 물건을 정리하다가 물건을 떨어뜨려 카운터에 서 있는 나에게 물건을 집어달라고 했다. 사람마다 성향이 다르겠지만 내 경우라면 한 두발만 내려와서 내가 직접 물건을 집어 다시 올라갔을 것이다. 그러나 이 분은 나에게 물건을 집어달라고 했고, 나는 두말없이 물건을 집어서 건네줬다. 그런데 나는 언제부터인가 혼자 구시렁거리는 습관이 있었는데, 그때 물건을 집어주고는 "오늘은 고객들이 많지 않고 한가하네"라고 말하고 카운터로 왔다.

그런데 이 여직원이 다짜고짜 사다리에서 내려와서 나를 노려보며 "그것 좀 집어준 게 뭐 어때서 불만이냐"며 화난 표정으로 쏴붙였다. 나는 살면서 이렇게 당황스러울 일이 몇 번 있을까 할 정도로 충격이었다. 얼굴이 빨개지고 황당했다. 나는 "아니라고 그렇게 말한 적 없다. 오늘 한가하다고 했을 뿐이다"라고 말했다. 그러자 그 직원은 다시 가서 자기 일을 했다.

나는 시간이 지날수록 화가 났다. 처음에는 황당하고, 나중에는 자존심이 상했다. 아무리 내가 잘못을 했다 하더라도, 예의를 갖춰서, 일 끝나고 나서 조용히 이야기해도 되지 않을까? 그리고 내가 아니라고 해서 오해가 풀렸으면 '나도 오해했어요 언니, 미안해요' 하면 내가 이렇게 자존심 상하고 화나지 않았을 것이다.

그 여직원은 아무 일 없다는 듯이 시간을 보내고 있었지만, 나는 퇴근 시간에 주차장으로 가면서 여직원에게 마음 상한 일을 이야기 했다. 그 직원은 내 이야기를 마저 다 듣고 나서 몇 마디 하고는 결국 미안하다고 사과하지 않았다. 그 후부터 그 직원과 보이지 않는 벽이 생기기 시작했다. 아침에 물건을 가져온 뒤 10분 정도 짬이 나는 시간이 생겨도, 나는 혼자 카운터로 와서 시간을 보냈다. 같이 말을 섞거나 하지 않았다. 그리고 점장하고 둘이 친하게 오순도순 이야기하는 것이 못내 서운했다. '이리 와서 같이 이야기해요'라고 하는 사람이 한 명도 없었다.

그 여자의 자기 자랑에 점장은 응수를 해줬다. 그리고 그 여직원이 힘든 일을 마다하지않고 하는 것을 점장이 좋게 평가하고 있었다. 나 또한 몸을 사리지 않고 일하는 성격이었다. 이 또한 점장이 알고 있었다.

그러나 결국은 함께할 수 없는 일이 생겼다. 전임자가 정리하고 가지 않은 물건이 있기에 고객이 둔 것인지, 반품인지를 알기 위해서 단톡방에 사진을 찍어 올렸다. 그런데 여직원이 '적당히 알아서 할 것이지, 이런 것까지 올리냐'며 단톡방에서 나를 공격했다. 그 여자를 콕 짚어서 핀잔을 준 것도 아니고, 내가 해야 할 일을 했을 뿐이었다. 계속 일하는 도중에도 오해를 풀기 위해 대화를 시도했지만 계속 나를 공격할 뿐이었다. 물론 상대방 이야기도 들어봐야 하겠지만, 내용을 떠나서라도 이쯤 되면, 막 나가자는 느낌이 들었다. 드디어 점장이 '그만들 하시라'며 중재해서 일단락됐다.

나는 그 여직원에게 '그만하세요. 저는 일하고 있어요'라고 말했고, 그 여직원은 퇴근하고 집에 있었기 때문에 시간상으로 쫓기지 않아 계속 나를 힘들게 했다. 어디서부터 잘못된 것인지 모르겠지만, 너무 피곤하고 힘이 들었다. 점장도 중간에서 난처해했다. 이쯤에서 그만두겠다고 점장에게 말씀드렸다.

그래도 말일까지 일을 마무리해주고 싶었는데 또다시 그 직원과 함께 있자니 불편했다. 속으로는 '점장님이 중간에서 중재해주었으면' 하고 내심 바랐다. 그러나 점장은 그 여직원 편을 들었다. 나는 너무 서운했다. 나도 그 여직원 이상으로 열심히 일을 했고 '몸을 사리지 않고 열심히 한다'는 칭찬도 들었다.

그런 점장에게 못내 서운했다. 나는 그만두면서 점장에게 '우리 신랑이 가만두지 않을 거예요'라는 말을 했다. 60년대 신파도 아니고, 해서는 안 될 말을 해버렸다. 지금 생각하면 유치하고, 어리석은 행동과 말이었다. 남을 탓하기 이전에 나를 돌아봐야 한다는 중요한 배움을 잊고, 남에게 상처를 준 것이 지금도 후회가 되어서 이렇게 글을 쓴다.

다시 그 마트에 가서 점장을 볼 낯이 없었다. 가끔 생각하면 분노나 화를 참지 못한 것을 후회한다. 상대방 입장에서 생각하면, 그럴 수 있는 일인데, 결국 해서는 안 될 말을 한 것은 내 자신이다. 잘잘못을 따지기 이전에 시간이 지나면서, 그 점장님과 여직원에게 마음 속으로 사과를 했다.

'같이 있을 때 잘 지낼걸, 지나고 나면 후회만 남으니….'

인간관계에서도 서로 장단점이 있을 수밖에 없다. 완벽한 사람은 없다. 그렇기에 우리가 서로 상호 보완하고 협력해야 한다. 이것을 잘하고, 배우기 위해 태어난 것일지도 모른다. 그 속에서 배워야 할 점, 깨달아야 할 일들이 있는 것이다.

후회라는 것은 그 기회를 놓친 것이다. 소중한 시간이 그냥 과거로 돌아간 것이다.

'지금이라도 용서를 빕니다. 건강하시고 축복이 있기를 바랍니다.'

지나고 나면
후회되는 일

　제목에서부터 서정적이고 감수성이 느껴지는 김도사 님의 《할머니의 검정고무신》은 김도사 님께서 27살에 쓰고 11년 만에 공개한 소설로, '인류애'가 무엇인지 알게 해주는 추천 도서다. 이 책을 생각하면 어렸을 적 아껴보던 계몽사의 50권짜리 동화 전집이 생각난다. 나는 아버지가 회사에서 받아오신 빨간색 표지의 동화 전집을 다 읽었는데, 이 중에서 너무 슬퍼 끝까지 읽지 못한 책 2권이 있었다. 《할머니의 검정고무신》을 읽으면서 슬퍼서 다 읽지 못했던 2권의 책을 읽었을 때와 똑같이 가슴 먹먹한 슬픔을 느꼈다. 내가 책의 주인공이 된 것처럼 가슴 아팠다.

　책 첫 장의 '마음을 밝혀주는 꼬마전구'에서 선생님이 제자들에게 한 말이 기억에 남는다.

　"내가 너희들에게 하고 싶은 말이 있단다. 지금 이 순간은 다시는 돌아오지 않아. 그렇기 때문에 최선을 다해서 살아야 해. 사랑하는 사람이나 우정을 나눈 친구들에게 누구보다 진실해야 하고 최선을 다해야 한다는 것, 잊어선 안 돼."

영월에 시집간 중학교 친구가 있었다. 얌전하고 다소곳하며, 참하게 생겼었다. 고등학교를 졸업하고, 사회생활을 하던 중에 다시 우연히 만나게 되어서 너무나 반가웠다. 학교에서 만났을 때도 좋았지만, 특별한 추억이 기억나지 않아도 사회에 나와서 만나면 어찌나 반가운지 모르겠다. 그 당시는 전화도 없어서, 편지로 연락을 오고 갔다. 서울에서 그 먼 영월까지 시집을 간 친구가 걱정되기도 했다. 몇 번 편지를 주고받았다. 그러다가 그전에 같이 동거하던 남자와 살면서 너무나 정신없어서 친구하고 자연스럽게 연락이 끊겼다.

서울에서 생활할 때도 친구들과 가끔 만나고 밥을 먹었지만, 결혼한 친구들 중에는 시어머니와 함께 사는 친구들도 있어서 약속을 잡으려면 시어머니 눈치를 봐야 했다. 그래도 서울에 있을 때는 어떻게 해서든지 만날 수 있었지만, 그 남자와 살면서부터는 연락이 자연스럽게 끊어졌다.

한번은 고등학교 때 한 반에 있었던 동창 친구들을 모두 만난 꿈을 꿨다. 친구들 중에 제일 보고 싶고 그리웠던 친구들이었다. 찾고 싶었지만 어떻게 해야 할지 몰라 포기했었다. 살면서 가끔 가슴 저리도록 보고 싶을 때가 있었는데, 그때마다 마음이 아팠다.

친구들뿐만이 아니었다. 부모님에게 떳떳하지 못해서, 당당하게 '이렇게 살아요'라고 말도 못 하고, 결혼도 하지 못한 채 명절 때나 가고, 이래저래 핑계 대며 왕래가 뜸했다. 효도는 내가 아닌 다른 형제들의 몫이 됐다. 지금 생각해도 부모님에게 형제들에게 미안한 마음이 드는 것은 사실이다. 돈으로 할 수 없는 부분도 있기 때문이다.

이런 것들이 쌓여서 그런지, 오래전에 동생이 한번은 나에게 "친구도 없냐?"라고 놀렸다. 급기야 "독거노인이다"라며 한심하다는 듯 내뱉었다. 동생 말이 굳이 틀린 것이 아닐 수도 있었지만, 듣기에 거북했다. 나는 "내가 왜 독거노인이야, 말 함부로 하지 마. 지금 핸드폰에 저장된 번호가 몇 개인 줄 알아? 보여줄까? 아니면 어떡할 건데, 내가 싫어서 안 만나는 거지"라며 운전하고 있는 차 안에서 동생하고 반 실랑이가 됐다.

'동생이 내가 살아온 아픈 세월을 알았으면, 이런 말을 할 수 있었을까' 생각했다. 차마 내 입으로 가족들이나 친구들, 이웃과 직장동료에게 말할 수 없었던 그동안 살아온 삶을 알려고 하거나 이해해주기보다 '왜 그렇게 한심하게 살고 있는지 모르겠다'라고 현 상황만 보고 판단하는 것이 야속했다. 내 삶을 알려고 하는 것까지는 바라지 않는다. 그저 지켜봐주고, 바라봐주고 따스한 말 한 마디, 따뜻한

눈빛 정도면 충분하다.

운전하는 내내 내가 어디로 가고 있는 것인지 알 수 없을 정도로 정신 집중이 안 됐다. '내가 지금 운전하고 있으니 그만하자'라고 했을 때 동생은 말을 멈췄다. 나는 동생 집에 동생을 데려다 놓고, 동생 집에 있었던 캐리어를 들고 인사 없이 나왔다.

나도 동생이니 잘해주고 싶고, 할 수 있는 선에서 베풀고 싶었다. 그런데 동생은 나를 자꾸 움츠러들게 했다. 부모한테 사랑을 받지 못해서, 형제들 간에도 사랑이 없는 것일까? 그래도 가족이라서 그런지 잘되길 바라고, 건강하길 바랐다. 내 마음을 몰라주는 것이 가장 서글펐다. 그러나 원망하고 미워하는 마음은 없었다.

예상했지만, 집으로 내려오는 내내 기분이 참참했다. 그 후로 지금까지 5년 동안 전화도 왕래도 없었다. 가족이 무엇인지 모르겠다고 생각했다. 성공하고 부자가 되거나, 아니면 최소한 남들처럼, 자식 낳고 든든한 남편과 함께 제대로 된 가정을 꾸리며, 아파트에 살아야만 사람 대접을 받는 세상인가 싶어서 가슴이 아팠다. 나도 그렇게 살고 싶었다. 아니 나뿐만 아니라 대한민국 사람이라면 태어나서 한 번쯤 '남들처럼 평범하게 살아보자' 할 것이다.

그러나 말처럼 평범하게 사는 것이 쉽지가 않았다. 삶이 내가 원하는 대로 가주질 않았다. 살아보니 그랬다. 자고 나면 다음 날에 무슨 일이 생길지 모르는 것처럼, 아무것도 예상할 수 없었다. 답답해서 1년마다 토정비결을 보고 사주를 봤다. 누구는 태어나서 한 번도 사주를 본 적이 없다고 하는데, 나는 그 사람이 놀랍다고 생각할 정도로 1년에 한두 번은 사주나 점을 본 것 같다.

그런데 이상한 것은 유명한 선생님을 통해 사주나 점을 봐도, 들었을 당시에는 '그렇다'라고 생각이 들다가도 다 듣고 돌아서면 아무 생각이 나지 않았다. 그분들이 실력이 없어서가 아니다. 내가 많이 부족할지 모르지만, 돌아서고 나면 잊어버리고 말았다.

평범하게 살 수도 없고, 내 마음대로 살 수도 없었다. 살아보니 '별거 없더라'라고 말하는 사람도 있다. '인생 뭐 있어?'라고 말하는 사람들도 있다. 그러나 세상에 태어난 데는 다 이유가 있다. 태어난 목적과 이유가 있다. 그것은 '지금, 이 순간 최선을 다하는 것'이다. 오로지 지금이다. 과거는 지나갔고, 미래는 내가 지금 만드는 것이다. 지금은 다시 과거가 된다. 즉 과거와 현재와 미래는 하나다. 윤회가 있다고 나는 믿는다. 전생과 전전생을 살면서 기억이 나지 않는다고 하더라도 지금 내가 하는 일이 과거에 했었던 일이고, 시간이 지나면 미래가 되듯이 전생에 했던 것이 지금의 나이고, 지금의 내가 다음 생일 수가 있다고 생각한다.

그래서 오로지 지금에만 집중해야 한다고 생각한다. 현실에 최선을 다해야 한다. 나의 단점은 항상 미래만, 이상만 꿈꾸는 것이다. 삶의 목적이 없었고, 내가 태어난 사명을 알지 못했기 때문이다.

수박 겉핥기식으로 진짜 나를 알고, 나를 찾지 못했다. 그러다 보니 외부의 것들에만 관심 있고, 그것들로 채우기 위해 앞만 보고, 멀리 바라봤다. 게다가 과정보다는 결과를 중요시했다.

그래서 나중에 해야지 하며 미룬 것들과 삶의 과정을 중요시하지 않았던 것을 후회한다. '인생에 정답은 없지만 후회는 하고 싶지 않다', '잘 살았다기보다는 후회 없이 살았다'라고 말하고 싶었다.

지금, 이 순간에
하고 싶은 말!

　둘째 언니가 암 말기로 57세에 세상을 떠났다. 언니는 왜 암이 말기가 될 때까지 부모나 형제들에게 말하지 않았을까? 초기에 발견해서 잘 치료되면 완치가 될 수 있기 때문에 암 초기에 말했더라면, 형제끼리라도 도움이 될 수 있지 않았을까 생각한다. '언니가 자존심이 강해서 그랬던 것일까? 가족들이 걱정하는 것이 싫어서였을까?' 여러 가지 생각들이 스쳐 지나갔다.

　언니가 암 말기라는 소리가 청천벽력같이 느껴졌다. 믿기지 않았다. 언니네 집에서 주중에는 하루에 4시간 정도 알바를 했다. 약값에, 병원비에 치료비가 만만치 않았다. 언니는 암인 상태에서도 다니던 보험 회사를 계속 다닌 것 같은데, 말기가 되어 보험 일을 그만두고 나서는 생활비도 없었다. 방 안 서랍에서 급여 명세표를 봤다. 130만 원 받을 때도 있었고, 많이 받아도 200만 원이 넘지 않았다.

그마저도 병이 깊어져 수입은 아무것도 없었다. 그 급여 명세표를 보니 가슴이 아팠다. 언니 입장에서 충분히 절박하고 고통스러웠을 것이다.

그나마 큰 조카는 아픈 것이 좀 나아져 밖에서 취직을 하고 생활을 하지만, 엄마에게 도움을 줄 정도는 되지 못했다. 둘째 조카는 장학금으로 독일에서 공부를 하고 있다지만 매달 나가는 돈도 부쳐주지 못하고 있었다. 그래서 친정엄마의 돈을 가져가 쓰고 나서도, 임대 아파트 보증금을 담보로 새마을금고에서 대출을 받아서 겨우 병원비와 치료비를 대고 있었다. 이 모든 돈이 친정엄마와 아버지의 돈이었다. 엄마, 아버지도 불쌍했고, 세상을 떠난 언니도 불쌍했다. 그리고 남겨진 조카들도 불쌍했다.

이런 상황에서 둘째 조카한테 '집을 정리해서라도 할머니, 할아버지 돈을 해결해줘라', '할머니, 할아버지한테는 목숨값이다', '당장 병원 가고 생활하셔야 한다'라며 설득했지만, 이제 대학교 3학년생이 느꼈을 심리적 압박감도 컸을 것이다. 나는 중간에서 중재 역할을 했어야 했다. 가족 간에 돈 관계가 얽히면, 정말 힘들다는 것을 새삼 뼈저리게 느꼈다.

이럴 줄 알았으면 오피스텔 전세금을 빼서 어떻게든 부풀려보겠다고 주택에 묻지마 투자를 하지 말았어야 했다는 후회가 밀려왔다.

주택도 계약금과 중도금까지 들어간 상태라서, 해지도 못 하고 잔금을 치러야 하는 상황이 됐다. 실타래가 꼬이듯이 자칫하면 나 자신도 부도가 날 지경이었다. 스트레스는 극에 달했다. 이러한 상황이 한꺼번에 일어난 사실이 못내 괴로웠다. 믿고 싶지 않았다.

둘째 언니가 세상을 떠나기 직전에 퇴원하고서 양고기 전문점으로 오라고 했다. 양고기 전문점은 처음이었다. 언니는 그전에 한 번 왔었다고 하면서 음식을 주문하고 맥주까지 주문해놓았다. 언니는 맥주를 따라서 한 모금 마셨다. '언니, 환자가 술을 마시면 어떡해요?'라고 만류했지만 '맛있게 먹으면 약이야'라고 하면서 빙긋 웃었다.

처음 먹는 양고기지만, 냄새도 나지 않아 맛있게 먹으며, 언니와 즐거운 시간을 보냈다. 이후로 언니는 몸이 급격히 안 좋아졌다. 발이 퉁퉁 부어서 신발을 신을 수 없을 정도였다. 자고 나면 온몸이 땀으로 흥건하고, 발과 다리가 풍선처럼 부풀어 있었다. 침도 삼킬 수 없을 정도로 고통스러워했고, 밥도 먹기가 힘들어서 국에 있는 국물만 겨우 천천히 마셨다.

식사를 마치고 언니가 직장에 있었던 일들을 이야기해줬다. 보험사에서 보험 고객 명단 리스트를 배부하는데 처음에는 급수로 따지자면 C급 정도의 명단을 받아서 실적이 오르지 않았다고 한다. 그러다가 급수가 좋은 명단을 받자, 실적이 상향하기 시작해서 월급도 많이 올랐다고 했다. 수당을 받기 때문이다.

그러자 주변 동료들이 언니를 시기하기 시작했다고 한다. 어느 날은 양치를 하고 있었는데 직장동료가 손바닥으로 언니의 목 부분을 가격한 일이 있었다고 했다. 언니는 숨이 턱 막혀서 고통스러웠지만 어디에다 하소연도 못 하고 가슴앓이를 했었다고 한다. 장난으로 했다고 하지만, 목 부분은 급소인 데다가 신체에서 가장 약한 부분인데, 모르고 했더라도 용서할 수 없는 일이었다. 언니가 얼마나 아팠을지 듣는 나도 화가 났다.

하루는 언니의 가슴이 진짜인지 보자면서, 직장 동료가 손가락으로 유두의 정중앙을 찔렀다. 언니는 '아' 외마디 비명을 지르며, 그대로 몸을 부여잡았다. 숨을 제대로 쉬지 못한 채, 몸에서는 식은땀이 났다고 했다. 언니는 잘 참는 성격에 착한 사람이다. 남한테 해코지하는 나쁜 사람이 아니었다. 그런 착한 언니가 린치를 가한 동료에게 "내가 죽으면 내 자식들을 당신이 책임질 거냐?"라며 말해놓고도 분이 안 풀렸다고 말했다.

"언니, 그런 일이 있으면 나한테라도 이야기했어야지, 나라도 한마디 따끔하게 해주고 언니가 최소한 병원에서 치료 받을 수 있게 해주었을 텐데…" 나는 안타까운 마음에 언니한테 말했다. 언니는 이혼하고, 아무것도 없는 상태에서 자식들 둘과 연명하기 위해서 겨우 보험 전화상담 일을 하게 된 것이다. 계속 하위권에서 맴돌다가 모처럼 실적이 오르자, 주위의 시기를 받고, 린치까지 당했으니, 정말 가족으로서도 안타까운 일이었다.

그리고 급기야 어느 날 언니가 밤새 신음소리를 내다가 아침에 일어났다. 언니는 머리카락 없는 머리에 모자를 쓰고 있었다. 얼굴은 핏기 없이 하얗지만, 볼에는 약간의 혈색만 있을 뿐이었다. 언니가 겨우 꺼낸 한 마디는 "나 너무 힘들어!"였다.

나는 어찌해야 할지, 언니에게 무슨 말을 해야 할지 몰라 그저 언니만 바라보고 있었다. 그 한마디가 두고두고 가슴속에서 메아리쳤다.

장례식장에서 염을 한 언니의 시신을 바라보며 '언니, 그때 언니가 아파서 나한테 힘들다고 했을 때 '언니, 곧 나아질 거야 힘내! 그리고 사랑해'라고 하면서 언니를 안아주지 못한 게 너무 후회돼요. 언니 미안해요. 좋은 곳에 가서 아프지 말고 건강하고 행복하게 살아요'라고 마음으로 말했다.

그때 그 순간에 말해야 하는데 무지해서, 아둔해서 하지 못한 것들이 나중에 후회가 된다. 후회 없는 삶이란 지금, 이 순간에 최선을 다하는 것이다.

최근에 가진 직업,
마트에서 일하다

판매 일을 하던 사람들은 계속 그 일만 찾아서 하고, 사무 일을 본 사람들은 사무 일만 보려 하고 힘쓰는 일은 하려고 하지 않는다고 한다. 간혹 다양하게 직업을 갖는 사람들도 있겠지만, 나의 경우는 그때 상황에 따라서 달라지기도 하는데 크게 테두리를 벗어나지 않았다. 물론 노동이나, 사무 일이나 각각 장단점이 있어서 무엇이 좋고, 무엇이 나쁜 것은 없는 것 같다. 그래도 안 해본 일을 한다는 것은 쉬운 것이 아니었다.

첫 직장이 금융 쪽이다 보니, 경리나 마트 등 계산하는 쪽으로 구인을 하게 되고, 회사에서도 비슷한 경력이 있는 사람을 선호하는 것 같다. 동네 마트에 가면 열악한 환경에서 하루 종일 서서 일하는 점원을 보면서 정말 힘들겠다고 생각했다. 안 해 본 것이라서 자신도 없었다.

그런데 동네에 대형 마트가 생겼다. 넓고 쾌적하고, 지역 토산품까지 파는 곳이었다. 진귀하고 싱싱한 식료품들을 집 가까운 마트에서 살 수 있어 굉장히 좋았다.

그러다가 여기서 일해보면 어떨까 생각했다. 직원들이 친절했고, 준 회사원 느낌이 들어서 좋았다. 여성일자리 센터에 가서 확인해 보니 구인 광고가 있다고 들어서 이력서를 넣었다. 이력서를 넣고 면접을 보게 됐다. 면접 보기 전 사람들의 표정이 저마다 다양했다. 무척 긴장한 모습들이었다.

한 사람은 다리를 덜덜 떨었다. 나는 농담 삼아 긴장을 풀어주고 싶은 마음에 '다리를 떨면 복 나간대요'라고 했더니 상대방이 빙그레 웃었다. 그래도 잠시 멈추는 듯하다가 다시 다리를 떨었다. '얼마나 긴장되면 저럴까? 무언가 간절하기 때문에 그럴 것이다'라고 생각했다. 나도 붙어야 한다고 생각했지만, 그냥 내맡기기로 하고 마음을 비웠다. 떨어지면 혹시 시간이 걸리더라도 다른 일을 알아봐야지 생각했다.

내가 시원스럽게 자신 있게 대답을 안 해서인지 조합장님의 '일을 할 수 있겠냐?'라는 질문에 정신이 번쩍 들었다. 뽑아주고 싶어도 자신감이 있는지가 중요하기 때문이다. "네, 뭐든지 열심히 잘합니다. 그동안 생활 잡화 매장이나 대형 의류 매장에서 일해서 힘든 일도 잘합니다"라고 대답했다.

내 뒤로 따라 들어오는 젊은 여자분은 이제 아이를 출산하고 젖을 뗀 후에 일자리를 알아보러 온 것 같았다. 다들 절박해 보였다. 이 시대의 안타까운 현주소였다. 네 사람이 면접을 봤는데 나를 포함해 2명이 합격했다. 나는 발령을 받아서 마트에 처음으로 발을 디디게 됐다.

모두들 반갑게 맞아주셨다. 동네 일반 마트와는 달리 은행과 함께 연계되어 있고, 고객들이 생각하는 이미지도 아주 좋았다. 나는 다시 사회 초년생 시절에 다녔던 금융권에 근무하게 된 느낌을 받았다. 게다가 집에서 걸어서 다닐 수 있었기에 다시 일할 수 있게 된 그 자체가 너무 감사했다.

나는 그동안 생활 잡화점 매장에서 박스를 나르며 힘든 일을 해봤고, 유통회사에서도 근무해봤으니 마트 일은 힘들어도 잘할 수 있으리라 생각했다. 일하고 계신 분들은 모두 예의 있고, 밝고, 이성적이고 합리적인 분들이라는 생각이 들었다.

일주일 정도 캐셔 보는 일을 배웠다. 일을 가르쳐주는 분이 엄청 세심하고 꼼꼼하고 명확했다. 나는 캐셔 일은 단순히 계산만 잘해주면 되는 일인 줄 알았다. 기존에 일하고 계신 분들이 계산하는 방법뿐만 아니라 고객에 대처하는 방법, 직원들끼리 지켜야 할 매너 등 다양한 것을 알려줬다. 자신들이 일하면서 느낀 노하우를 아낌없이 알려준다는 느낌을 받았다. '몇 년을 근무하면, 이렇게 잘 가르쳐줄 수 있을까?’ 감탄스러웠다.

직업이라는 것이 10년 정도 근무해야 어느 정도 그 일에 대해서 안다고 들었다.

또한 직업에는 귀천이 없다는 말을 절실히 느꼈다. 이분들도 이전에 대기업, 금융권에서 근무하신 분들이셨다. 모두 밝고 예의가 있었다. 이곳에서 근무하면서 나는 ‘천사님이 나를 도와주시는구나’ 하는 생각이 들어 감사하고 또 감사했다.

이곳에는 직급의 높고 낮음이 없었다. 그래서일까? 서로 동등하게 생각되다 보니 권위 의식이 없었다. 그리고 체계적으로 움직이니 누가 누구한테 불편한 관계를 만들면 본인이 손해라는 것 정도는 알 수 있었고, 그렇게 될 수도 없는 분위기였다. 첫날 3층 직원 식당에서 밥을 먹었는데 바깥이 훤히 보이는 조망이었다. 커피숍을 차려도 되는 전망에서 첫 점심을 먹으니 꿀맛 같았다.

계산을 보는 일은 그나마 할 만했지만, 뒤에서 공산품을 정리하는 일은 쉬운 일이 아니었다. 특히 주류들은 박스가 5kg 이상인데 하루에도 수십 개를 엘카에 실어 날랐다. 이 외에도 잡다하게 해야 할 일들이 많았다. 내가 첫 근무를 한 그날은 6월이었고, 마침 창립 1주년 기념일이었기에 엄청 바빴다. 나도 모르게 ‘여기는 술만 마시나봐’ 라는 말이 저절로 나올 정도였다.

채워도 끝이 보이지 않았다. 내가 물건을 실어 혼자 나르는 것을 보고 점장이 놀라서 직원을 불러 도와주라고 할 정도였다. 나는 몸을 사리는 성격이 아니었기에 집에 오면 힘들어서 녹초가 됐다. 안 쓰던 근육과 뼈까지 욱신욱신했다. 그래도 보람이 있었다.

초창기에 은행에 근무하면서 받았던 권위적이고, 소외감 들었던 것을 생각하면 여기는 육체적으로 힘든 것을 제외하고는 인간적인 관계에서 오는 스트레스는 없었다. 차츰 친해지자, 조원들 5명 정도 함께 무릉계곡으로 등산도 가고, 같이 바닷가로 산책도 가고 함께 식사도 하면서 즐거운 추억이 생겼다.

그러던 중 함께 갔던 직원 한 명이 감기 증세가 있었는데, 나중에 코로나 확진 판정을 받았다. 함께 밥 먹었던 나 역시 코로나에 걸렸다. 그리고 같이 있었던 다른 사람도 코로나에 연이어 걸렸다. 그때 코로나에 처음 걸렸는데, 계속 기침이 나왔다. 물론 예전에 걸렸던 사람들에 비하면 약한 편이라고 들었다.

그러나 코로나 휴가가 없어진 시기라서 아픈 상황에도 꼬박 일을 해야 했다. 그래서 6일 동안 고생이란 고생은 다했다. 기침이 천식처럼 끊이질 않았다. 얼굴이 벌게서 기침하고 있는 나에게 어떤 고객은 '왜 묻는 질문에 대답을 안 해?'라고 따지기도 했다. 당시 한창 바쁜 때라서 직원이 무엇을 갖다 달라고 하는데 나는 기침 때문에 화장실로 뛰쳐가기도 하고, 한참 만에야 겨우 진정되어서 일을 다시 할 수 있었다. 어떤 날은 약이 독해서인지 속이 안 좋아서 토하기까지 했다.

급기야는 1시간만 참으면 퇴근인데 버티다가 도저히 안 돼서 퇴근하겠다고 하자 직원들이 휴게실에서 쉬라고 배려해줬다. 그런데 가만히 쉬고 있으니, 기침은 멈췄다. '신이 몸도 쉬어주라고 병을 주시는 것일까?'라는 생각이 들었다.
그리고 나를 쉬게 배려해준 직원이 고마웠다.

하루하루 안 갈 것 같던 시간이 어느새 일 년이 지났다. 일 년을 어떻게 버티나 했지만, 시간은 아랑곳하지 않고 지나가 버렸다. 임시직이라 일 년을 재연장했다.
'내가 일 년을 어떻게 버텼을까'를 생각해봤다. 주위 사람들이 배려와 관심을 갖고 챙겨주지 않았다면 나는 진즉에 생활 잡화점 매장에 있었던 것처럼 일을 그만뒀을지 모른다. 사정이 생겨서 2년을 채우지 못했지만, 탁 트인 주차장에서 넓은 하늘을 보면 기분이 좋았고, 3층 식당에서 바라보는 조망도 좋았다.

제일 좋았던 것은 사람들이 서로를 존중하고, 예의 바르고, 협동하고 있다는 것이었다. 만약에 이렇게 산다면 어느 기업이든 인간관계에서 오는 스트레스는 없을 것이라는 생각이 들었다. 그래서 공동체에서 나라는 에고를 내려놓고 함께한다면, 기업은 기업대로, 개인은 개인대로 윈윈하는 것이라고 생각한다.

에고는 정말 헛된 것이다. 나의 성장을 방해하는 장애물이지만, 이것을 극복하는 것도 나의 몫이다. 그러기 위해서는 나를 먼저 내려놓아야 한다. 그렇다고 내가 사라지는 것이 아니다. 참된 자아가 드러나게 되고, 그것이 진짜 삶을 이끌어가는 원초라고 생각한다.

지금
이 순간
깨어 있어라

제1판 1쇄 2024년 11월 29일

지은이 나연옥
펴낸이 한성주
펴낸곳 ㈜두드림미디어
책임편집 최윤경
디자인 김진나(nah1052@naver.com)

㈜두드림미디어
등   록 2015년 3월 25일(제2022-000009호)
주   소 서울시 강서구 공항대로 219, 620호, 621호
전   화 02)333-3577
팩   스 02)6455-3477
이메일 dodreamedia@naver.com(원고 투고 및 출판 관련 문의)
카   페 https://cafe.naver.com/dodreamedia

ISBN 979-11-94223-33-7(03810)

**책 내용에 관한 궁금증은 표지 앞날개에 있는 저자의 이메일이나
저자의 각종 SNS 연락처로 문의해주시길 바랍니다.**

책값은 뒤표지에 있습니다.
파본은 구입하신 서점에서 교환해드립니다.